怜香记

王良勇 著

文化发展出版社
Cultural Development Press
· 北京 ·

图书在版编目（CIP）数据

怜香记 / 王良勇著 . — 北京 ：文化发展出版社，2024.5

ISBN 978-7-5142-4333-8

Ⅰ . ①怜… Ⅱ . ①王… Ⅲ . ①短篇小说－小说集－中国－当代 Ⅳ . ① I247.7

中国国家版本馆 CIP 数据核字 (2024) 第 078214 号

怜香记

王良勇　著

出 版 人：宋　娜
责任编辑：周　蕾　　　执行编辑：朱　晴
责任校对：侯　娜　　　责任印刷：邓辉明
封面设计：百悦兰棠 [BAIYUE LANTANG]
出版发行：文化发展出版社（北京市翠微路 2 号 邮编：100036）
网　　址：www.wenhuafazhan.com
经　　销：全国新华书店
印　　刷：廊坊市海涛印刷有限公司

开　　本：710mm × 1000mm　1 / 16
字　　数：188 千字
印　　张：13.5
版　　次：2024 年 5 月第 1 版
印　　次：2024 年 5 月第 1 次印刷

定　　价：68.00 元
I S B N：978-7-5142-4333-8

◆如有印装质量问题，请电话联系：0316-2516002

序言

初读《怜香记》时，我眼前一亮，有一种遥远又熟悉，似曾相识的感觉。我仔细想了想，是小时候妈妈给我讲故事的感觉。我妈是个很会讲故事的人，我人生中最早对故事的了解都来源于她。我长大后能成为一个写故事的人在很大程度上是受她的影响。

我想不单是我，每个人小时候都会从妈妈口中听过一些这样那样的童话故事。这些故事很简短，没有复杂的人物关系，没有华丽的辞藻堆砌，但里面那些奇幻的情节和富有想象力的人物往往会一辈子刻在脑海里，甚至影响长大后的认知。童话的价值不在于告诉我们龙是如何真实存在的，而在于让我们知道龙是怎样被战胜的。借用鲁迅先生翻译荷兰作家弗雷德里克·凡·伊登的长篇童话《小约翰》的一句点评“无韵的诗，成年人的童话”——《怜香记》正是这样一本故事书。

不光孩子需要童话，成年人更加需要童话的治愈。它是脚下这片泥泞世界上，让人仰望而又无限美好的一座城堡。与孩子不同，成年人的世界观、价值观已然形成，再加上一些或苦或甜的生活阅历，让我们有了固定的思维方式。但童话中深刻的道理以及故事情节与我们各自的生活阅历产生的共鸣，就像荒漠中的一声驼铃，唤醒人们的心灵，使人们收获茅塞顿开的启示。我想这就是《怜香记》的意义所在。

我很佩服作者的想象力，让我们几乎泯灭的童心被《怜香记》中的故事重新唤起。我这才知道，即便是在已经长大的当下，内心深处依然保有对奇迹的渴望和对美好的向往。不管是怜香与唐诗彼此扶持相依为命的“童境”，楼兰公主为拯救子民自我牺牲的“梦幻”，曼陀罗仙子与老乌鸦相互牵制感悟责任的“神界”，还是白鸽与芳草双向奔赴擦肩而过的“爱域”，每个章节的每一个小故事中都蕴含着深刻的道理和生活教训。它们或与爱相关，抑或与亲情感恩相连。它像一杯明前雨后的春茶，回甘绵长。

《怜香记》中每个故事的主人公都经历了苦难，或突出重围，或受困其中。他们看似离我们很远，但却又隐匿在身边无处不在。成年人的童话中，并非每个故事都是大团圆，在虚幻的情境中上演的却是最真实的悲欢离合。

知更于 2024 年 2 月 9 日

甲辰龙年除夕

知更，中国作家协会会员，北京作家协会会员。“90 后”女作家、编剧。本科毕业于北京大学医学部，后赴英国留学，硕士毕业于伦敦帝国理工大学公共卫生学院。在“弃医从文”的几年中发表作品百万余字。著有长篇小说《成年未长大》《幸福的家理》，散文集《英漂第五年》等。

目录

第一辑　童　境

第二辑　梦　幻

第三辑　神　界

第四辑　爱　域

第一辑 童境

怜香记

从前，有个穷书生，名叫唐诗，在他很小的时候，父母便去世了，失去父母的唐诗，只好寄托在地主富老爷家里，他给地主放牛。地主有个儿子，名叫富裕，不过是个傻子，虽然唐诗天生聪慧过人，却不能像那个傻子富裕一样去上学。

唐诗去山上放牛，总是会选择最肥沃的草地，把地主家的牛养得膘肥体壮，因此，多年来，地主没有赶他走。他在放牛的时候，常常幻想，要是能像富裕一样，天天去学堂该有多好啊，不用放牛，还能结识一大堆的朋友。

别人家的孩子都有父母，唐诗却不知道自己的父母是谁，别人家的孩子能吃饱穿暖，唐诗只能穿破衣服，睡牛圈。对于不幸的命运，唐诗自己倒看得很开，就算遭受地主的白眼冷落，唐诗也能一笑了之。

有一天，唐诗像往常一样去山上放牛，他在山上刚要坐下，却听到一阵哭声从远处传来，唐诗顾不得休息，赶忙去看，结果在草丛里，他发现了一个小女孩。小女孩七八岁，个子矮小，身上衣服破旧，脸上很多灰尘。见她流泪，唐诗问道："小妹妹，你怎么了？怎么一个人在这草丛里，你的父母呢？是迷路了吗？"

小女孩说，家被大火烧毁了，她没有家了。听完小女孩的话，唐诗也很为难，本来自己寄养在富老爷家里，就受够了委屈和冷落，要是再把小妹妹带回家，富老爷会不会赶他们走？如果把她带回家，让她住哪里呢？总不能让她和自己一样住牛圈吧？

经过反复考虑，唐诗还是决定带她回去。回到富老爷家里，富老爷质问道：“唐奴，今天怎么回来得这么早？我家里还没有开始升炊烟哩。”

唐诗答道：“老爷，我今天带回了一个妹妹，我不忍心她没有家，你可以为她安排一间住房吗？哪怕……哪怕是柴房都行，就是……就是不要像我一样睡牛圈。”

多一张嘴吃饭，就多一份负担。富老爷本来就已经对唐诗不满了，现在又忽然听说要多一个人吃饭，还是个不能自食其力的孩子，富老爷心里很生气。但当他仔细一瞧那孩子的面容，却发现这不是胡家村王大夫的女儿怜香吗？富老爷想起来，当初替儿子看病的就是这王大夫，当初儿子聪明无比，却因为王大夫的医治，让儿子成了现在这个傻样子，富老爷将儿子的傻归咎在王大夫身上，他便更不想收留怜香，说道：“你爹不是大夫吗？怎么？连你都养不起了？”

一提到父母，怜香就哭了起来，她想到了被大火烧毁的家，还有被烧死的父母。唐诗说道：“老爷，您就收下她吧，叫我做什么都行，怜香已经无家可归了，她家的房子已经被火烧没了。”

“被火烧没了？”富老爷若有所思，他说道：“要收留她也可以，但是你必须给我努力去放牛，牛嘛，我会再买进一批，但是你不能把牛给我养瘦了。”

一个毒计已经在富老爷的心里酝酿，他想要在怜香的身上下巫蛊之术，等南方的巫婆一到，他的诡计就可以实施了。关于怜香住哪里，唐诗问了富老爷许久，富老爷才从深思中回过神来，他答道：“怜香睡柴房。”

看到富老爷气冲冲地走了，唐诗还以为自己说服成功，得意地对怜香说道：“妹妹，看吧，哥哥不会丢下你不管的，从此以后，你又有新家了。”

兄妹俩高兴地过了一段日子。傻子富裕想和怜香玩，却被怜香多次捉弄，富老爷见到儿子处处受怜香的嘲笑和捉弄，更下定了决心要对怜香下毒手。

有一天，富老爷让唐诗去放牛，却不让怜香跟着去，等唐诗上山放牛去了，他就把怜香叫进了屋子，巫婆已经在屋子里摆好了道场，富老爷对巫婆说道："你可以动手了！"然后就将巫婆和怜香关在了屋子里。

看到满脸花纹的巫婆，怜香吓得直哆嗦，蜷缩在一旁，她哭道："你是谁？是鬼吗？我要出去，我不要和你待在一起，别靠近我！"

巫婆走近怜香，朝怜香身上嗅了嗅，说道："这是多么圣洁的躯体和灵魂啊，只可惜，只可惜你要被种下巫蛊之术了，别怪我，我只是受人之托。"

怜香哭诉道："谁要害我？在我死之前，请你将真相告诉我，我不想死得不明不白。"

"我不会让你死的，我只是要让你变成一个怪物，害你的人，就是富老爷啊。"巫婆刚说完，就将一瓶药水泼在了怜香的身上，于是怜香的身体渐渐萎缩，变成了与蚂蚁一般大小的黑色怪物，在她的背上，还长出了一双翅膀。

巫婆传语道："你飞走吧，你不飞走，我就要杀了你。"

无奈的怜香，依靠身上的翅膀，飞出了屋子，她要去找她的哥哥唐诗。

放牛回来的唐诗发现妹妹不见了，便跑到富老爷的屋子里质问道："你把我妹妹藏到哪里去了？你还我妹妹！"

富老爷斜眼看着眼前不自量力的唐诗，笑了笑，紧接着这笑容又转变为怒容，他说道："我看你是不想在我这儿待下去了，你要知道我随时都可以让你滚。"

"你还我妹妹，不然我绝不走。"

富老爷笑道："你妹妹？谁？怜香吗？你们根本就不是一个娘胎里出来的，她和你没有半点儿关系，再说了，你哪只眼睛看见我把你妹妹藏起来了？你省省力气吧，有这个时间还不如赶紧去找你妹妹去。"

于是，拿富老爷毫无办法的唐诗只得四处寻找妹妹，但是不管他怎么找，就是找不到，最后唐诗垂头丧气地回到牛圈哭了起来。而怜香，被巫婆下了诅咒，变成了一个怪物，她知道哥哥一定会回到牛圈，所以就飞回了牛圈。然而，当她等到哥哥回来了却又不想和哥哥相认，因为她不想哥哥看到她现在这个样子。

最后怜香实在不忍心看着哥哥伤心难过，才跳到哥哥的肩膀上，对着他的耳朵说道："哥哥，我在这儿。"

说来也奇怪，谁都听不懂怜香的语言，唯独哥哥听懂了，唐诗意识到这是妹妹的声音却始终看不见妹妹，他呼唤了好几声，才发现肩膀上黑色的怪物就是妹妹。

唐诗哭着说道："妹妹，是谁把你害成这个样子？是你的魂魄不散变成了这个生灵，来见哥哥最后一面吗？"

怜香大哭了一场，对唐诗说出了实情，生气的唐诗准备去找富老爷，怜香阻止道："哥哥不要冲动，不要让富老爷把你也变成我这个模样，我想了很久，以我们两个现在的能力，唯一的办法就是你认真读书，进京赶考。等到考上状元见了皇帝，再告御状救我。"

"是啊，富老爷财大气粗，多少官员都会被他收买的，只有皇帝才能治他。"唐诗回答妹妹道，"可是哥哥生来就放牛，没有读过书，又如何考取状元呢？"

怜香答道："哥哥，我去学堂听先生讲课，然后再将我学到的告诉你。"

就这样，怜香每天去偷听夫子讲课，然后又回到牛圈转述给哥哥。年复一年，日复一日，唐诗二十多岁了，已经是一个饱读诗书的人。

可是有一天，富老爷发现了这个秘密，他知道怜香没有死，而是变成了一个怪物，于是趁唐诗不在，打伤了怜香的翅膀。

回到牛圈的唐诗，看到妹妹精神不振，对她说道："妹妹，你今天怎么了？走，哥哥带你去晒晒太阳。"

怜香并没有将富老爷打伤她的事告诉哥哥，而是听哥哥的话，到晒稻谷的院坝晒太阳。唐诗对妹妹说道："妹妹，今天给哥哥飞一飞吧，我想看你飞。”

尽管她已经受伤，可是为了不让哥哥看出破绽，她还是拼命地挥动双翅，飞了起来。然而不幸的是，当她飞到半空时，翅膀却被彻底地摧毁了，她瞬间知道，那是巫婆的咒语。

唐诗见妹妹不见了，大声呼喊着，可是没有办法，怜香确实在他眼皮子底下消失了，这时富老爷赶过来，对唐诗说道：“你去给我放牛。”

那群牛也是有些奇怪，在怜香消失的地方践踏了好几圈才走，唐诗想，那肯定是妹妹提到过的巫婆下的诅咒搞的鬼，无奈之下他只好流着泪去放牛，更不幸的是，唐诗出门没多久，便下起了暴雨，那个院坝的积水足有两尺多深，妹妹就算不被牛踩死，也会被雨水淹死，想到这里，唐诗更加绝望了。

唐诗一直没有忘记为妹妹主持公道的愿望，他准备好足够的路费后，就离开了富老爷的家。一听到唐诗要进京赶考，村里的人都忍不住嘲笑一番，就那个放牛娃吗？他什么书都没有读过，还想去赶考？

是啊，一个没有读过书的孩子都好意思去赶考，为什么自己的儿子不能去呢？富老爷这样想着，就也安排傻儿子富裕进京赶考，而且他已经做好了为儿子买通关系的打算。

怜香还算幸运，在她的翅膀没了之后，便悄悄爬进了哥哥的衣服里，她想只有让哥哥相信，她已经死了，那么富老爷才会放松警惕，相信怜香确实死了。

进入考场后的唐诗，认真答卷，很快就答完了，可是怜香因为一时贪玩，睡在了哥哥的卷子底下，哥哥离开时，她还在睡懒觉呢。就这样，怜香与哥哥的试卷卷在一起被送到了考官的府邸。

因为富老爷动了手脚，唐诗的试卷便被人扔在了垃圾桶里。看到这一幕，怜香很是着急，如果不让阅卷的考官看到那份试卷，哥哥又怎么可能中状元？哥哥若不中状元，那她这一辈子就只能当一个怪物了。

正在这时，怜香看到了面容慈祥的阅卷考官——欧阳子方，她灵机一动，有了主意。她不顾自己的生命危险，爬进了欧阳子方的鼻孔里，欧阳子方立马打了一个喷嚏，怜香被喷到了桌子边缘，摔得很痛。就在这时，欧阳子方却发现垃圾桶里有一份试卷，便赶忙捡起来放在了桌子上。

欧阳子方看完那份试卷后，说道："真是一篇好文章，险些遗漏了，如此才子，不出将入相是委屈的，只是反复看来，这'不'字怎么就差那么一横呀！"

放下试卷的欧阳子方，在屋子里走了几圈后，又坐下看试卷，却发现"不"字怎么又不差一横了？欧阳子方仔细看了一下，以为是一只蚂蚁，叹道："这蚂蚁怪得很，偏要睡在这'不'字上，待我把它赶将下来。"

反反复复了几次，欧阳子方眼里的那只蚂蚁，偏偏要去填补那个"不"字差的一笔，最后欧阳子方也被逗乐了，笑道："这蚂蚁倔得很，硬是要成人之美，今天我不添那一笔，它就不肯走了，哎！天意如此，我又怎好违背。"

欧阳子方添好了那一笔后，蚂蚁在试卷上爬了几圈，欧阳子方识得，那是个"谢"字，于是欧阳子方说道："走吧，走吧，我成全你的心意了。"

说来也奇怪，怜香爬出屋子时，却突然长出了新的翅膀，那双翅膀更大、更有力，她努力地飞啊飞啊，不舍昼夜，就是想早一点儿见到哥哥，早一点儿飞到他的身边。

不久后，从朝廷传出话来，说胡家村的人中了状元，胡家村参加考试的人只有两个，一个是唐诗，一个是富裕，村里的人都以为，唐诗不过是个放牛的，根本不可能中状元，而富老爷，也相信是自己的儿子中了状元，早早地办起了酒席。

村里的人也开始巴结富老爷，纷纷带上礼物去拜访，许多人见到唐诗，则奚落道："你一个放牛的，还想中状元？真是癞蛤蟆想吃天鹅肉。"

揭榜的人来到胡家村时，富老爷把他们都请进了屋，高兴地说道："我儿子中了状元啦，大人，进来坐吧，真劳烦你们了。"

揭榜的人说道："地方倒是这个地方，只是状元写到的家，没有你这院子繁华啊。”

富老爷答道：“我儿子定是不小心写错了，大人，让我看看我儿子的皇榜吧。”

官人说道：“不行，这个皇榜，要当众宣读。”

富老爷也想让自己风光一回，于是说道：“这简单啊，乡亲们都到我家里来吃喜酒了，大人要宣读皇榜，我叫他们都出去听就是了。”

揭榜的人便离开屋子，乡亲们也在富老爷家那片晒稻谷的院坝聚集起来，于是揭榜的人开始宣读，可是在读到新科状元的名字时，大家都“啊”了一声，连富老爷也不相信，中状元的会是唐诗！

富老爷赶紧扯出傻儿子富裕，让他跪下，说道：“唐诗，你中状元了，还不给官老爷磕头？”

在场的众人更是大吃一惊，傻子富裕也说道：“爹，我是你儿子富裕，我不是唐诗。爹，你不要我了吗？爹爹！爹爹！”

很快，当地的族长来了，他说道：“富老爷，你虽然是我们这儿的首富，但是，是非曲直还是要分的，有钱就能只手遮天吗？唐诗虽然是一个放牛娃，但他既然中了状元，那就应该让他出来领旨，不然你这可是欺君大罪啊。”

富老爷没办法，只好派人到山上找唐诗。唐诗回来后，接了皇榜，那些从前看不起他的人，也都开始用各种奴才嘴脸来巴结他。

唐诗在进京的途中，却见到了心里朝思暮想的妹妹，只是妹妹还是那个怪物模样，妹妹告诉他说：“见到了皇帝，一定要记得将实情上奏。”

皇帝听说此事后，很是震惊，他一方面派人控制住富老爷，一方面又派人去寻找那个下咒的巫婆，很快，巫婆找到了，不堪严刑拷打的巫婆将解药交了出来。皇帝弄清真相后，对唐诗说道：“朕一定要亲自替你妹妹解除诅咒，朕要看看这神奇的变化。”

唐诗跪下道：“唐诗先替妹妹谢过陛下了。”

一切准备就绪后，皇帝搭起了擂台，来观看的人成千上万，皇帝对怜香说道："你怕吗？这药水一旦泼在你身上，你就得忍受蜕变的痛苦。"

"我不怕，我只想早日让哥哥看到我正常的样子。"

听怜香说完，皇帝轻轻一洒，药水泼在了怜香的身上，怜香忍受着剧痛，渐渐变大，出落成了一个亭亭玉立的美人，容貌倾国倾城。皇帝惊讶道："真美！"

后来，富老爷自然受到了该有的惩罚，巫婆也被腰斩，至于怜香是嫁给了她的哥哥唐诗，还是那个皇帝，就不太清楚了。

君生的传说

从前有个小山村，村子里就几户人家，其中有个人叫“君生”，君生是吃百家饭长大的，他是一位老婆婆在结冰的河面上捡来的。老婆婆挑水时看见君生躺在厚厚的冰面上，君生哇哇的哭声让老婆婆发现了他，老婆婆是个寡妇，见了孩子很是欢喜，也不知当时老婆婆费了多大的劲儿才把君生从冰面上抱起来。小村子里漫天飞雪，冰天雪地，可是君生没被冻死，身上也没有积雪，这件事便在村子里成为奇谈。

君生小时候就什么都能吃。他几乎没有吃过奶，有时候老婆婆给君生熬粥喝，有时候又给君生米面糊吃，后来老婆婆发现君生竟然能吃饭，就开始给君生吃饭。随着君生的饭量越来越大，老婆婆每次做的饭都不够他吃，君生就会哭得很伤心，周围的人家听见君生的哭声便过来问原因，知道情况后村子里好心的人们就会隔三岔五地给老婆婆送些米面之类的。有些人家私下跟老婆婆说她不该收养君生，可是老婆婆宁愿自己挨饿，也要把饭给君生吃。君生比一般孩子长得快，没几个月君生就长得有人家八九岁的孩子那么大了。

许多人都开始把君生当妖怪来看，只有老婆婆始终如一地对君生好。很快君生就学会了说话，力气也大得惊人，虽然他看起来还是个孩子模样，只是比一般人家的孩子壮硕些，却能抬起几百斤重的东西。大家发现君生有利用价值，就经常请君生过去帮他们抬石头、背泥巴、耕田等，但他们并不给君生工钱，只是偶尔把老婆婆喊过去吃一顿饭，君生也乐意去做，可是老婆婆担心君生干不了重活，多次喊君生不要去，君生也只是安慰老婆婆说他行的。

君生几个月大就可以帮村子的人们做重活儿混顿饭吃，许多人家都巴不得君生帮他们干一辈子的活儿，可是君生长得非常快，对这一点他们还是有些担忧。于是，君生便开始了今天李家、明天刘家、后天王家的吃饭生活，君生一岁多时就已经出落得玉树临风，成了村子里一个可圈可点的美男子，附近的姑娘都争先恐后给君生送香囊、送花、送果子等，一些大胆的姑娘竟然还给君生送头发、送鞋子等。

但君生不为所动，在他心里照顾好老婆婆，让老婆婆颐养天年才是大事。尽管君生没有读过书，可是君生从老婆婆那里学到了很多。君生的记忆力和阅读能力惊人，能一目十行，过目不忘，因此，君生学到的知识可能比一般秀才还要多。曾经有一些大户人家来提过亲，但都因为不愿意赡养老婆婆而被君生一口拒绝，老婆婆觉得是自己拖累了君生，还曾想自杀，不过被君生救了过来。君生跪在地下，对老婆婆发誓道："婆婆若要自杀，我也跟随婆婆同到那黄泉路。"老婆婆老泪纵横地扶起君生，从此再也不想自杀的事。

由于君生努力自学过一些字和算术，当地一富商便把君生请过去做账房先生，君生做的账毫厘不差，从不贪图一丝小利，后来富商小姐看上了君生，常常要她父亲请君生过去吃饭，可是君生每次去吃饭都要背上老婆婆一起，富商虽然看得上君生的为人和长相，有意纳他为婿，然而见了老婆婆在宴席上的邋遢和肮脏，便打消了这个念头。而富商小姐喜欢君生，她才不管老婆婆怎样，铁了心要嫁给他。

说起来像这样的便宜，傻子才会拒绝，可是君生不同，他宁愿辜负富商小姐的一片心意，也要老婆婆和他生活在一起。后来君生就辞掉了账房先生一职，那富商小姐气得三天没有和她父亲说话，也没有吃饭。

后来君生也先后干过砖瓦匠、卖油郎、师爷等，可是他觉得做那些活儿白白浪费了一身力气，索性向地主租借了几十亩田地和一头黄牛，做起了农民。君生种的庄稼很好，老婆婆也会指导他，没过几年，君生家里的粮食和财富就积累了一大堆，君生由此还买了房子，把老婆婆也打扮了一番。老婆婆时时劝君生施财救贫，君生都照做，不过最让老婆婆担心的是君生的婚事。

自君生发家致富后，求亲的人更是络绎不绝，但君生暂时还不想结婚，因为他觉得赡养婆婆是最重要的，自己结了婚难免会冷落了婆婆。婆婆多次劝君生说某家的亲事可以接受了，君生都摇头，大家都以为君生想攀高枝，君生的亲事就这样一拖再拖。

俗话说："人怕出名猪怕壮"，君生的财富惹得越来越多人嫉妒和垂涎，当地有个无恶不作的霸王，名叫朱富贵，他们家很有钱的。因为君生开的米店挤垮了朱富贵家的，所以朱富贵就想趁机报复君生。一日，那朱富贵请得一伙打手来，带上家伙，往君生的米店走去。

负责君生米店的是张大爷，张大爷原先是个教书先生，后来因为生活窘迫做了乞丐，老婆婆可怜他，把他介绍给了君生，君生于是量才录用，让他做了米店掌柜，君生对他实有再造之恩。张掌柜正在计算米钱，这时朱富贵已经带着一干人等到来，他走进米店，对张大爷说道："掌柜的，生意做得可好啊？"张大爷一看是朱富贵，慌忙过去赔笑。

朱富贵撇着嘴道："张掌柜，你何不改投我们米店，我们米店的待遇，可不比这里差。"张掌柜以为他是说笑，便回应朱富贵道："东家待我很好，我实没有改投之意。"朱富贵狡黠一笑，说道："那么如果东家待你不好，你就愿意改投了？"

张大爷被问住了，只是嘴里说着："这，这……"脸上显得异常无奈。朱富贵看他这副表情，就吩咐他那一伙手下道："大家赶快动手，把这里的米全搬进我们米店，如果谁敢反抗，就往死里打。"张大爷知道事情严重，慌忙给朱富贵跪下道："求朱老爷别这样做，小的我实在担不起这个责任啊！求朱老爷……求……"

朱富贵请的人个个身强体壮，而且都带着家伙，米店的伙计们哪里敢动手，只让一个小伙计慌忙溜出去通报君生。君生听后勃然大怒，自己跟朱富贵一向是井水不犯河水。于是他辞别了老婆婆往米店奔去，老婆婆从君生的神色察觉事情不妙，问清小伙计情况后，跪在观世音菩萨面前求老天保佑君生没事。

君生到了米店，米店的米都快要被朱富贵搬完了，朱富贵见君生到来，耳语吩咐手下道："将那小崽子给我打死，我重重有赏。我姥爷是当地太守，大伯是本县县令，你们放心吧。"那些打手听了他的话更加有恃无恐，一些搬米的人也放下米袋围攻君生，君生还没来得及和朱富贵质问讨理就挨了两棍子，君生忍无可忍，挥起拳头就和一群打手打了起来。没过多久君生便将一群打手打得瘫倒在地，他下手不算重，没出人命，那朱富贵见大家都不是君生的对手，拎起裤子想逃跑，结果被君生抓住衣领拖了回来，君生怒问朱富贵道："我究竟什么地方惹了你，你竟然要来抢我米店？"

朱富贵卑躬屈膝、低声下气地乞求道："老爷大人大量，饶了小的吧。"他不断地给君生磕头，也不知他现在的奴才姿态是从哪里学来的，竟是那样的娴熟。"说不出理由就不要怪我不客气。"君生欲待一掌打死朱富贵这个祸害乡邻的恶霸，可是远远地闪出一个小厮吼道："少爷住手，老太太要你饶了他们，老太太喊你快回去，她有话要对你说。"

君生不好违拗，只得甩下朱富贵，吩咐伙计们把米搬过来，让张大爷接着处理这档子事。他和小厮回到家，君生到了厅堂，看见婆婆坐在椅子上，老泪纵横。君生走过去跪下问婆婆为何要哭，婆婆顺势给了君生一巴掌，骂他道："孩子，你祸闯大了。婆婆我不在乎自己这条老命，你就不在乎你的前途吗？"

君生有生以来第一次挨婆婆的打，他的眼泪不自觉地掉了下来，他流着泪对婆婆说道："君生这条命都是婆婆给的，婆婆打死我都可以，可是婆婆为何要说如此丧气的话？”婆婆只得给他解释原因，君生听了婆婆的话，并不在意，他相信公道自在人心，婆婆见君生仍不知大祸即将临头，只有以泪洗面，祈求观世音菩萨保佑。

没过几天，官府就派了人来抓君生，君生看是官差，也不反抗，先去辞别婆婆，婆婆知大祸躲不过，哭了一会儿后取出一个红色香囊，给君生说：“孩儿把这个带在身上，这是之前婆婆去庙里祈福，方丈送给我的，说孩儿大难时带在身上能免灾。”君生接了过去，揣在怀里就和官差一起去了衙门。

刚进了衙门，没经审问君生就被打入了大牢。原来是官商勾结，朱富贵的姥爷和大伯都是官场之人，无疑是听了朱富贵的一面之词，他们本就不是什么好官，如今为了自己的家人，竟置法律于不顾，要弄出一桩冤案。君生的财富不久就被官府查封，连宅子都被封了。官差念老婆婆风烛残年没抓她，谎称老婆婆被气死了，于是老婆婆被赶出了家门，只得回到当初的老破屋居住。

那朱富贵也是坏事做尽，他在暗中毒死几个受伤的贫穷打手后，诬告这些打手是被君生打伤致死，于是这件案子轻易就被捏造为杀人大案，奈何君生死活不招认。尽管君生被毒打，受尽折磨，但没有口供也结不了案，朱富贵求财心切，暗里买通狱卒要毒死君生，来个毁尸灭迹。君生被下毒之后，在黑夜里被狱卒装进装有石头的麻袋扔进了河里，朱富贵吩咐狱卒到牢里领办事钱，狱卒到了牢里后，不承想朱富贵为了杀人灭口，竟然放了一把火将牢里的人全烧死了，那狱卒杀人罪有应得，只可怜了牢里其他的人。

案宗上自有朱富贵的大伯本县县令动手脚，他宣称在起火之前君生已畏罪自杀。牢里起火是狱卒用火不小心引起的，由此便把这些责任全推给了死人，叫人家下了地狱都喊冤。而那君生并不是毒药能毒死的，他本是一条修行高深的红鱼，只因为在那个冬天贪吃了一个妇女失足落水的孩儿，上苍便惩罚它变成一个孩子去体会人间的是是非非、爱恨苦痛、贪嗔痴、酒色财。君生被扔进河里后便化成了一条鱼，只是他的嘴巴里含着一个红香囊，那是老婆婆送给他的。

后来君生被渔人捕获，并被拉到市场上去卖，一个有钱人买了他。那个有钱人就是张大爷，张大爷做了朱富贵的掌柜，他念及当初老婆婆和君生对他的恩情，便在一个下雪天命人把鱼送给老婆婆，让她补补身子，老婆婆热泪盈眶，谢了张大爷，将红鱼放在自己的桶里。那鱼见了老婆婆就流下一颗一颗的眼泪，那眼泪变成一颗一颗明亮的珍珠，珍珠还闪着光，老婆婆夜里感觉屋子特别亮，起身寻去，竟然发现桶里有大堆的珍珠，红鱼见了她也摆着尾巴跳出水面。

老婆婆以为那珍珠可能是红鱼从肚子里吐出来的，便把鱼拿起来，看了看鱼的嘴巴，一下子发现了鱼嘴里的红香囊，她断定红鱼是君生的转世，没多想就蹒跚地提起桶往河边走去。老婆婆将红鱼放进河里，尽管那晚夜很深，还下着雪，可是老婆婆却看得见，是君生的“眼泪”让她看得见，君生一直舍不得游走，一顾三回首。每当寂寞时老婆婆就来到河边唤着“君生，君生……”，这时，红鱼就会向她游过来，亲她干瘪的手。到后来，老婆婆再唤“君生”时，就有一大堆红鱼过来，亲她的手，那大堆的红鱼都很感谢老婆婆的恩情。

兰花公主

兰花公主出生在一个美丽的国家，她的国家开满了兰花，兰花一年四季都有开，她的父王只有她一个宝贝女儿，因此视她为掌上明珠。兰花国王已经老了，所以他下诏说会把他的王位传给未来的驸马，即兰花公主的丈夫。

可是选什么样的驸马却让国王伤透了脑筋，因为贵族的那些年轻子弟不是纨绔就是丑陋，很不得国王的心意，兰花公主也因为选驸马的事生了一场大病。老国王只好一边寻名医治公主的病，一边广招贤才物色驸马。

那兰花公主其实并不是得了什么病，而是被恶毒的巫师下了魔咒，只因为老国王没有满足巫师当初的愿望，所以他心生怨恨，便暗中对兰花公主下此毒手。当初兰花公主是个长得十分苗条的美人，在兰花国绝对是数一数二的大美女，因为受了魔咒的缘故，她从一个身材高挑美丽的公主渐渐变成了只有指头般大的小人儿。

起初兰花公主和国王都哭得非常伤心，后来兰花公主就释怀了，她庆幸自己的父亲还认得她，还对她一如既往，至于自己当初的生活她不敢奢望了，她只希望父亲能过得快乐，能常常陪着她就好。

兰花公主最擅长舞蹈和唱歌，她以前最喜欢在大理石铺成的花园跳舞，但现在她变成了一个小人儿，站在大理石铺成的花园里感觉就像是站在偌大的平原上，这让她很是苦恼，最后还是她的侍女紫菀想出了办法，她建议兰花公主站在兰花上跳舞。

站在兰花上跳舞的兰花公主更加好看，兰花公主娉婷的身姿在兰花上也显得愈加妖娆。老国王每次来花园观看兰花公主在兰花上跳舞都会流泪，不仅老国王，就连身边的侍从奴婢都会流泪，只有兰花公主和巫师不会流泪，兰花公主不流泪是因为她知道哭没有用，而巫师不流泪是因为暗中得意。

凡是为兰花公主看过病的大夫，几乎都被国王杀了。为了不让兰花公主的事传到民间，老国王不得不这样做。相反，如果那些大夫医术高明，治好兰花公主的病，那么他们不仅不会死，还会被重赏。老国王也因为杀大夫的事而被一些史学家写成了一个杀人国王。

兰花公主变成小人儿的事尽管被老国王封锁得很严密，但还是泄露出去了。许多公卿大臣都知道兰花公主变成了小人儿，然而他们都不敢明说，碍于老国王的威严，他们只好假装糊涂，和老国王一同宣称兰花公主是得了大病。

许多公卿大臣都垂涎老国王的王位，他们便让自己的儿子加入了竞选驸马的行列。虽然公卿大臣们的儿子个个穿的都是绫罗绸缎，但要论文武双全，没有一个是令人满意的。于是，老国王贴出皇榜大肆挑选驸马，许多贫穷子弟也报了名，对此，公卿大臣们极度不满。

选驸马先考诗词歌赋，再考身上功夫，按理说没读过书的穷小子根本就没有机会成为驸马候选人，但是有个砍柴娃却是个例外，原来砍柴娃在山里砍柴时常去拜访山里的一位老先生，那位老先生以前是个大官，后来厌倦了官场才隐居山林，一来二往，砍柴娃从老先生那里学到了许多东西，诗词歌赋自然也难不倒他。

经过几番激烈角逐，最后剩下三位年轻帅气的小伙子得到了国王的召见，一位是红豆县令之子小红豆，一位是苦瓜员外之子小苦瓜，还有一位自然是那个砍柴娃，那些公卿大臣因为自己的儿子被淘汰了，所以非常生气，但也无可奈何。

国王设宴招待三位年轻人，老国王对他们的样貌都非常满意，吃过饭后，老国王要亲自考考三位年轻人，他不满意的人休想成为驸马。

老国王将这三个人带到了一丛茂盛的荆棘旁，并让三位年轻人跪在荆棘上，三位年轻人都不明所以，其中小红豆极不情愿，为了一个公主，把自己的膝盖跪伤了就太让人笑话了，小红豆眼见砍柴娃和小苦瓜都跪了下去，才慢慢地跪了下去，他的腿刚接触到荆棘便“哎哟”了一声。

老国王于是说：“跪在荆棘上爽吗？跪荆棘让你们想到了什么？”

那小红豆一听国王的话，就感觉反常，他在心里暗骂老国王道：“老家伙，你一辈子锦衣玉食，哪里体会过跪荆棘的痛苦，竟然还以为跪荆棘爽，等我当了国王，一定立刻将你这个冥顽的老东西赶出宫去。”然而表面上小红豆却违心大声欢笑道：“跪荆棘爽啊，舒筋活血，跪荆棘让我想到如果有朝一日能和公主一起生活，一定也像这样爽。”

那老国王淡然一笑，这个答案他并不满意，可是至少这位小红豆心里还挂念着公主，这让老国王不忍起淘汰之心。正在这时那小苦瓜说道：“跪荆棘哪里是爽，简直太爽了，非常爽，不仅舒筋活血，还可以延年益寿，护膝养气，跪荆棘不仅让我想到了有朝一日和公主一起生活的快乐，还让我想到了和国王您一起生活的快乐。”小红豆听了小苦瓜的话，心里暗骂小苦瓜无赖厚脸皮，竟捡他的话来说，而且还顺带把他给否定了。

老国王听了以后哈哈大笑，他分明也感觉到了小苦瓜的狡猾，但细细想来那小苦瓜倒没有忘了他这个老国王，老国王虽然心里有些不爽，终于还是舍不得淘汰小苦瓜，这时轮到砍柴娃回答问题了，国王便把目光移向砍柴娃。

砍柴娃对国王说道：“国王，跪荆棘哪里是爽，简直是锥心的痛，跪荆棘让我想到了国王的锦衣玉食与百姓的粗茶淡饭，让我想到了国家的动乱与贫穷。”

老国王脸色一变，似要发怒。他对砍柴娃的回答非常生气，在他自诩四海升平的国家，哪里会有贫穷和动乱呢？可是他仔细一想，觉得眼前这个人年纪轻轻竟然能心忧社稷、胸怀天下，很是难得，于是他打消了淘汰砍柴娃的念头。

过了几天，老国王又有了一个主意，他选了几个姿色出众的美女，平均分配给三个年轻人，老国王想看看他们是否贪恋女色，当然贪恋女色的人会被老国王淘汰。不久后，老国王从三个年轻人身边召回所有美女，一一询问过后，得知陪侍小红豆的女子个个都遭了小红豆的毒手，由此小红豆被淘汰出局，老国王脸上露出一丝欣喜。

接下来该是小苦瓜和砍柴娃的精彩对决了，不过最后这个考题却不是国王出的，而是兰花公主出的。侍女们领小苦瓜和砍柴娃到了兰花公主的花园，由兰花公主最终决定谁是驸马，老国王坐在花园里对两个年轻人说："这御花园如此大，你们赶紧去找公主吧，谁先找到公主，驸马的位子就归谁。"

老国王事先听了兰花公主的嘱托，已经在花园里安排了一个丑女，并将公主的衣服给丑女穿上，而真正的兰花公主却藏在一株兰花下。小苦瓜手疾眼快，先找到了丑女，但是小苦瓜却犹豫地看着丑女踱步子、皱眉头。

不一会儿砍柴娃也看到丑女了，他赶紧给丑女公主跪下行礼，旁边的小苦瓜有些不高兴，他说道："是我先找到公主的，驸马归我了。"这时丑女开口道："那你们谁愿意娶我？"

这时砍柴娃起身开口行礼说："能娶得公主自然三生有幸，只要公主不嫌弃在下，不论公主是美是丑，我都愿意娶。"

小苦瓜脸色难看，他把砍柴娃拉到一边小声说："砍柴娃，你自己说的话不要反悔，你说你娶这个丑……娶这个公主的，你记得是你先找到公主的。"砍柴娃连连点头，砍柴娃娶公主的目的是想要让贫穷的百姓过上好日子。而兰花公主也把小苦瓜的话听得一清二楚。

最终，砍柴娃和公主举行了大婚，不过是和小人儿兰花公主大婚，对此，砍柴娃也欣然接受了。在酒席上巫师喝醉了，说漏了对兰花公主下魔咒的事，老国王大怒，逼着巫师解除了魔咒，并把他杀了，于是兰花公主又恢复了当初的高挑美丽，为了兰花公主恢复如初的事，老国王还大摆了三天宴席呢。

不久之后，老国王就禅位给了砍柴娃，于是，老国王、砍柴娃和兰花公主幸福地生活在一起。如果哪个国家还有小人儿国王或是王孙，说不定他们还是兰花公主的后人呢。

玉杯上的山雀

从前有个贫穷的小孩叫辛苦，他的父母很早就死了，他和哥哥嫂嫂一起生活，哥哥嫂嫂对他都不好，每天他除了放牛还要喂猪、砍柴、挖地。

一天早上他去山上放牛，山上的大风几乎要将山上的树木全部刮倒。冬天快到了，可他只穿着一层破烂的单衣，他的嘴角像结了一层霜。哥哥嫂嫂催他到山上放牛，他从来不敢说一个不字。

为了躲避寒冷的风，他把牛赶到山上后便蹲在一堆干茅草里，不过在茅草里他却发现了一个光彩夺目的玉杯，那小小玉杯上刻满了飞禽走兽、花草虫鱼、山川河流，他欣喜异常，心想手中的玉杯也许价值连城，但他一想到自己如今的处境还是有些不开心，叹息道："要是能不再挨哥哥嫂嫂的毒打，每天吃饱饭就好了，这么好的一个玉杯在我手上只会带来灾难。"

他话音刚落，突然玉杯上的一只金色山雀跳出来，飞舞在他身边，对他欢喜地说道："辛苦啊辛苦，这有何难，只要我召集山雀去悄悄帮你做好所有的家务事，你哥哥嫂嫂就不会毒打你了，你的饭我们也会帮你想办法的。"

辛苦不相信山雀的话，对它说道："凭什么其他山雀要听你的话？我的饭都是哥嫂吃剩下的一点儿。"金色山雀摇摇头，对他说道："你等一会儿，我去去就来。"

不一会儿一大堆山雀就飞来了，金色山雀嘴里还衔着一只碗，碗里面装着非常丰盛的饭菜。金色山雀将碗放在辛苦面前叫他吃，而且那一大堆山雀都围绕在金色山雀身边，叫金色山雀“大王”，辛苦相信了金色山雀的话，吃完饭后高高兴兴地睡了一觉，醒来时却发现金色山雀不见了，玉杯和碗却在他身边，他带着玉杯和碗，牵着牛回了家。

回到家后哥嫂叫他吃饭，他却说吃过了，还将那个碗交给他哥嫂，并说道：“我在路上捡了一个碗，我看可以用，所以拿回来了。”他嫂嫂接过碗，仔细地看了一番，那只碗比他们家里的任何一只碗都要好，但她却骂道：“野小子，你偷了我们家的碗，还炫耀说是捡到的，那你每天去给我捡一只这样的碗试试？”

他讨了一顿没趣，默默走开，开始干下一个家务活儿。他们家屋旁有很大的一片地，是要种庄稼的，他嫂嫂叫他牵上牛去耕地。他小小的身子抬着犁头有些吃不消，把犁头放下后，他坐在一块石头上休息，并掏出玉杯说道：“虽然哥嫂不毒打我了，但我过的还是苦日子，除非我不再被嫂嫂骂、不抬犁头才幸福，这么好的一只玉杯在我手上只会带来灾难。”

他话音刚落，金色山雀又飞了出来，生气地对他说道：“谁叫你把那只碗给你嫂嫂的，她贪得无厌，从今以后只有每天给她一只那样的碗才能证明你的清白，你也真傻，要抬犁头时跟我说一声嘛，我马上去叫大象来给你耕地，地耕不完你又要挨骂了。”说完金色山雀又回到了玉杯上。很快大象从玉杯上跳出来，对他说道：“辛苦啊辛苦，我拼了我的老命都会把活儿给你做好，你赶快把牛从地里牵走吧，我要开始耕地了。”

大象耕完地后又回到了玉杯上，辛苦叫了一声“山雀”，犁头就飞回家了。辛苦高高兴兴地牵着牛，回到家后他告诉哥嫂活儿干完了，还看见犁头摆在了原来的地方。嫂嫂出来后却没有和他说一句话，他哥哥出来后对他生气地说道：“你嫂嫂嗓子哑了，不能说话，不要烦她了，你去山上砍些柴回来吧。”

辛苦便听了哥哥的话去山上砍柴，这时已经是下午了，这山上到处都是好树，辛苦费尽九牛二虎之力砍倒了一棵树后累倒在地，他休息了一阵后掏出玉杯说道："砍柴真累啊，要是我从今以后不用砍柴就好了，这么好的一只玉杯在我手上只会带来灾难。"

他话音刚落，金色山雀就飞了出来，叹气说道："辛苦啊辛苦，我给你说过了啊，你的许多家务我都可以帮你做的，你叫一声就行了。"辛苦对山雀说道："我以为砍柴只有人才会做，也怕累到你们山雀啊。"

金色山雀欢喜一笑，立刻召来许多山雀，有的山雀负责刨土，有的山雀负责拔树根，有的山雀负责推树，不一会儿许多树被连根拔起，金色山雀也衔着一碗饭飞到辛苦身边说道："辛苦，你看这些树够了吧，赶快把饭吃了，树我会帮你弄回家的。"辛苦吃完饭后快乐地带着碗和斧头回了家。

辛苦回到家后告诉哥哥把柴弄回来了，因为他看见许多树都堆在院子里。哥哥从屋里出来，看了之后不禁大吃一惊，但哥哥看辛苦仍然有些不顺眼，他厉声说道："还愣着干什么，天快黑了，给我弄一背篓猪草回来，弄完才能吃饭。"辛苦已经吃了饭根本不饿，他取出碗交给了哥哥，哥哥白了他一眼回到了有火的屋子。

太阳已经快要落山了，辛苦赶忙来到地里，掏出玉杯说道："好山雀，太阳要下山了，赶快给我弄猪草，回到家后我才温暖。"那金色山雀从玉杯上飞了出来，对辛苦说道："辛苦啊辛苦，你干完活儿就歇着，哥哥嫂嫂不叫你，你就别说把事情做完了。"辛苦点头表示领会了，山雀们很快就弄好了猪草，辛苦也满意地回到了家。

到了晚上，辛苦的屋子很漆黑，他哥嫂也不让他到他们的屋子里烤火，辛苦揉搓着双手坐在破屋里，他想了想，掏出玉杯说道："哥嫂不让我到屋里烤火，我的衣服又太单薄，只能挨冻，好山雀呀好山雀，让我也过一过他们那样温暖的好日子吧。"

他刚说完，山雀就飞了出来，金色山雀怜悯地对辛苦说道："辛苦呀辛苦，不要着急，从今以后你不会再挨冻了，衣服我也会想办法帮你弄来。"辛苦在黑暗中期待了一会儿，瞬间屋子里亮起来了，屋角边有一堆升起的火，他赶忙过去烤火，金色山雀也衔着一件棉袄过来，它把棉袄放下说道：“辛苦啊辛苦，以后回到家想烤火，就朝现在火堆的墙角吹几下，这件棉衣你冬天穿在身上不要脱，那么你走到哪儿都不会冷。”辛苦听了山雀的话万分感激，他穿上棉袄后周身都暖和多了。

很早哥哥就来催辛苦起床，辛苦在哥哥的吩咐下去放牛、割草，但辛苦没有喊一句累，也没有一声怨言，他的哥哥和嫂嫂因此又给了他许多活儿，辛苦也都照做，日复一日，年复一年，辛苦长成了一位大帅哥。

尽管有许多女孩子喜欢辛苦，她们不在乎辛苦家里穷，也不在乎辛苦穿的衣服有多破烂，只是女孩子的父母都不同意她们与辛苦交往，因为他们认为辛苦只会让女儿变成黄脸婆，女儿跟着辛苦只会一辈子活受罪，没有好日子过。辛苦的婚事一直没有个着落，辛苦心里的滋味也不好受。

有一天辛苦掏出玉杯说道：“人穷的时候什么梦想都成了痴人说梦，人穷的时候什么追求都是镜中花、水中月，人穷的时候什么爱情都会发霉变臭，好山雀啊好山雀，让我有爱，让我有钱，让我变得更幸福吧。”

那金色山雀飞了出来，安慰辛苦道：“辛苦，要相信爱，要有梦想，你的这些要求上天都会满足你，从今以后你自己要努力奋斗，你的未来会证明一切的，对不起我要走了，不会再回来了，你要珍重。”话刚说完金色山雀就不见了，辛苦手里的玉杯也碎成了粉末，辛苦伤心了很久，他的玉杯完了，他的未来会如何呢?

这时辛苦那个长舌嫂子又能说话了，她在楼下吼道：“辛苦，辛苦，你给我下来，今天去把苦水田给我耕了，你莫耽搁，你要不愿做，我们干脆分家算了。”

辛苦心里想：“分就分，大不了你们把所有的好田地抢去，把所有的便宜占尽，从此以后我再也不吃这口受气饭了。”他走到楼下对他那长舌嫂子说道：“分了吧，从此以后我再不拖累哥哥嫂嫂了。”

长舌嫂子不高兴地说道：“呵，你早就盼着分家了吧？你觉得是我们把你拖累了，想当初你小时候……”她一边说着一边喊她丈夫道，“该死的辛酸，快来，我要分家……”

辛苦和他哥嫂分家后，没过几年就富裕起来了，后来也娶了妻子，他的儿子还中了举人，而他的哥嫂越过越穷，有时揭不开锅还会来辛苦家借钱，辛苦既往不咎，依然愿意帮助哥嫂。哥嫂因为求财心切，他们的子女没读几年书就退学了。虽然辛苦也没读过书，但他一直认为读书好，他的儿子读了许多书，个个成才，他受尽千辛万苦终于苦尽甘来。

大白蛇与小白蛇

大白蛇和小白蛇一起出去找吃的，小白蛇从来没有出过洞，大白蛇要教小白蛇一些捕食技能。小白蛇出洞后见到那些花花草草非常高兴，因为她以前一直是在洞里听妈妈讲外面的世界，现在见到外面的美好世界怎能不高兴。

天气晴朗，白云悠悠。大白蛇边走边告诉小白蛇如何用嘴咬食物，在遇到危险时如何脱险，在陌生的地方如何辨别方向回家，这些大白蛇讲得差不多后，便开始吹嘘她当年是多么有本事，多么美丽，以及她如何迷倒那些白蛇公子，如何用嘴巴制服比她大很多倍的猎物。小白蛇听得很高兴，问大白蛇道：“妈妈，你说你能一口咬住兔子的尾巴和耳朵，可是你只有一张嘴啊！”大白蛇知道自己吹牛露了馅，便随即补充道：“哦，我忘了，我当时也许咬的是小兔子。”小白蛇听了半信半疑，如果按照妈妈叙述的小兔子的个头，那也需要很大的嘴巴啊！

“你记住了，在这个森林里，一要注意地上，二要注意天上，三要注意水上，妈妈现在的一双眼睛比显微镜还雪亮。”大白蛇刚刚说完，身子便被一个野猪夹夹住了，疼得她哎呀哎呀地叫，小白蛇慌了，连忙问妈妈怎么样了。大白蛇强忍住剧痛，挣扎了好一会儿才从野猪夹下死里逃生，那夹子上还留有大滴大滴大白蛇的血，大白蛇休息了一会儿，说道："今天我要教你我的全部技能，我刚才是故意碰到那夹子的，好让你记住这些教训。"小白蛇心疼得抱住妈妈流泪。

"走吧，我们继续去寻找吃的，你要记住我教给你的技能，刚才说到哪里了？"大白蛇在小白蛇的搀扶下走着，她的屁股变成了红屁股，现在一点也不美丽。

"妈妈说到一要注意地上，二要注意天上，三要……"小白蛇回答道。

"对，我们白蛇一要注意地上，二要注意天上，三要注意水上，妈妈现在的一双眼睛比显微镜还雪亮。"大白蛇刚说完，一个大松子又朝她脑袋上砸下来。这次小白蛇是眼睁睁看着大松子落在妈妈头上，她不敢推开妈妈，因为妈妈已经受了伤，小白蛇担心推开妈妈会让妈妈的身子骨脱臼。大白蛇被松子砸晕过去，小白蛇抱着妈妈哭了好一会儿，大白蛇才睁开眼睛。

"没事，孩子，你也看到了，妈妈是故意停在那儿让松子砸的，你要记住这些教训啊！"大白蛇虚弱地说道，她告诉小白蛇说她的头现在还有些晕，让小白蛇也躺着休息一会儿。一直到了中午，大白蛇终于起身催小白蛇一起去找吃的，他们很快走出了森林，来到了田野。

"孩子，妈妈已经告诉你了，一要注意地上，二要注意天上，三要注意水上，你要练就妈妈这样一双雪亮的眼睛。"当大白蛇正在给小白蛇说这话时，大白蛇已经走到了青苔上，只听"扑通"一声，大白蛇栽倒在了水塘里，小白蛇因为走在岸上所以没落水，小白蛇在岸上呼喊着"妈妈，妈妈，妈妈……"

要是大白蛇没有受伤，那么水塘对她来说也不算什么，可是她现在甩不动屁股了，屁股一甩就疼，所以她在水塘里挣扎了好一会儿才爬到岸边，小白蛇流着泪抱住妈妈，说道："妈妈怎么这么不小心，我真担心你爬不起来了。"

"傻孩子，你又忘记妈妈跟你说的话了吗？你没看到妈妈刚才在水塘里游得多么自由自在，我在水里的舞蹈比其他白蛇在岸上跳的舞蹈还好看呢。”

“呜呜，呜呜，我知道，妈妈，你是故意落下水塘的，你是要我记住这些教训。”小白蛇抱着妈妈流着泪说道，然后她亲了妈妈一口，大白蛇脸上泛起了笑容，掉下了泪水。

“这就对了，好孩子，妈妈还要教给你许多东西，我们先找点儿吃的吧，妈妈的肚子叫了好几回了。”小白蛇扶起妈妈，她跟在大白蛇后面看妈妈如何捕捉猎物。

走了没多久，大白蛇望见了一只青蛙，那只青蛙肥胖肥胖的，躲在一株秧苗下，呱呱地大叫，大白蛇拦住小白蛇说道：“你在这儿看着，看妈妈过去抓青蛙，你要记住妈妈的样子。”大白蛇游到了水田里，借着秧苗的掩护靠近了青蛙，青蛙似乎感觉到什么而停止了叫声，大白蛇伸出舌头，开始以凌厉的速度去咬青蛙。

就在大白蛇得意扬扬准备炫耀嘴里的食物时，突然听到小白蛇哭着说道：“妈妈，你嘴里是一口泥巴和秧苗，青蛙跳到我这儿来了，青蛙伸出长舌头了，他想要吃我呀。”大白蛇一回头果然看见青蛙靠近小白蛇了，她吐出了嘴里的泥巴和秧苗。

“哼，我临死都要拉上你当垫背的，小白蛇，我要吃了你。”青蛙眼睛里露出凶光，嘴里还咕噜咕噜响着，看样子小白蛇不是青蛙的对手。

“孩子，你不要怕，照我说的样子咬他，你身上的毒比我身上的毒还重，咬到他就不怕了。”大白蛇在危急之时对小白蛇说道，她自己也以最快的速度去拯救小白蛇。

小白蛇主动向青蛙冲过去，无奈小白蛇没认真听大白蛇教的技能，她又是头一回面对如此强大的敌人，没多会儿，小白蛇就活活地被青蛙吞到了肚子里。

之后，大白蛇和青蛙经过一番艰苦搏斗，终于制服了青蛙。她咬开青蛙的肚皮，救出了小白蛇，小白蛇身上受伤多处，无论她怎么叫小白蛇，小白蛇都不醒，她抱着小白蛇哭得很伤心，终于小白蛇醒了过来，她说自己肚子很饿，希望妈妈给她弄点吃的。大白蛇咬了青蛙身上的一块肉，递到小白蛇的嘴里，小白蛇流着眼泪吞了下去。

从此，小白蛇知道了洞外面世道险恶，要处处小心，她也告诉她的儿女要注意这儿注意那儿，而且青蛙成了她常常捕捉的猎物。

星星的行走

天星垂于夜空几千年，它感到很孤独。突然有一晚，它趁天界松懈、守卫不严，翻身跳下人间来，千变万化，随意穿梭竟未被发觉。

它喜欢城市的街灯，就化作那一束束灯光，照出行人的影子。在一幢幢高楼那各色招牌绚丽的荧光下，它又化作几个优美的字条，等待无聊的人叫出它的名字。还有穿梭的车辆，闪动的广告牌，它可以变成它们中的任何一个物件，人间的眼睛是看不到它的。

在昏暗的角落，它又变成女生手上的指甲油，变成男人手中的香烟，随着这些气味钻入人们的肺腑查探深藏的躁动不安。若落入 KTV、酒吧，它就化作一波波毫无节奏之美的声浪，破坏着夜的宁静。当它挣脱喧嚣的囚笼，窜进一个小零售店，它又注视着是谁在伸手掏出零钱买东西。

它对环境并不挑剔，在零乱的菜市场，它就变成砧板上的猪肉，或者变成一颗鲜活的羊头，看着来往的人们手里提着的各种食材。如果要偷听人家的谈话，它就变成一只小虫飞入院子，紧贴在一片树叶上。

它变成一棵小草，就会听见几株小草在议论什么时候会降下雨露，听见小草的脚丫在泥土里打架。它变成飞驰的车辆上的轮胎，就能感受到大地的脉搏，在忽上忽下的跃动中，感受到地心传来的热力讯息，那讯息说地幔已经凝聚成强大的力量，想制造一场地震或者海啸。

春夏秋冬都是它的体验期。它不惧怕声名狼藉，只是乐于变化，它会变化成小孩忽然染上的流感病毒。它会从高高的山崖崩落下来，变成一阵泥石流。它也会恋上大漠的夕阳，化作一团孤烟，或者飞扬的尘沙。

时光亦无法束缚它，空间更不能限制它的自由。它走入山洞，变成燧人氏木洞里的一团火，看着饱受饥饿的男男女女蹲作一团，让火焰的光闪上他们的额角。外面是寒风阵阵，还下着一场淅淅沥沥的雨。

它会遁入原始森林，在枯木上吐丝，对！它那会儿就是一只大蜘蛛，可是很不幸，松鼠得意地摘到松果想要啃食时松果却掉落了，它的蛛网被打破了，纵然是用心织成的网，破掉之后也难有所捕获，于是它就重新缝缝补补，因为担心其他蜘蛛笑话它，所以它织得十分细致，比织女下凡织锦用的工夫还要长一些。

有人会厌恶大自然中的危险，更怕龙潭虎穴，但是世界就是如此。数十棵树木的枯叶腐烂在沟壑里，杂草丛生，浮着青苔，水也呈现湛蓝色，各种洞穴藏着千奇百怪的生命。它会化作一条水蛇，走入洞穴拜访邻居，或者去偷食蟾蜍的幼崽。

扑通一声，它又变成了那水里游动的鱼儿，它时而躲在莲叶下，时而跑入水草中，时而钻入泥土里，它的生命力特别强。记得有个钓鱼的人，拉钩放线，还用网捕住了它，但是它扑腾一番，又摇着尾巴逃脱了，只留下一团浑浊的水。

天空一暗，长夜漫漫，人们一觉醒来看到灰蒙蒙的天空，大地罩着层层的白雪，在南国还没有准备好欣喜的时候，它突然就来了，它到底是多大的一场雪呢？乡村自不用说，在城市温室效应的作用下，它大到竟然可以覆盖城市的建筑，给电线敷上一层冰膜，让车身铺上白絮。一群孩子高兴地捏着雪团，铲雪车在尘土与雪的混合中战斗。

它的孤独又会游上天边的红霞，霞光照耀青山，依依不舍地下沉，一束束光笔直、倾斜，继而送来暮色，四野渐渐荒芜，直到它看见山中的小镇，便又化作一块块坚硬的石板，供依稀几个行人踩踏，然后又飞入一条肮脏的河流，化作一团塑料于水中漂来漂去。

人们怀着寄托，将一团草纸在山坡烧掉，一只乌鸦奇怪地凝视了周遭后又飞走。它又变成墓碑上的藤萝，与花草纠缠不清。坟墓周边还有各种破烂的瓷器，以及一些生锈的铁丝。阴阴的丛林里，有树木在沉默肃静地生长，一些昆虫飞来飞去，稍不注意它们就会钻入生物的眼睛。

顺着一阵风，树木的枝条懒洋洋地伸展。险峻的山腰上，仿若悬在半空的佛塔、寺庙绰约可见。一位老者佝偻着身子，不停地往灯里加油，它便化作香烟缭绕，钟声却总是停滞，那屋檐上的神兽，像识破了它的幻术，也不再狰狞反而可爱起来。

滨河将城市装进了心底，波光粼粼，它化作栏杆。一群失落的男女结成队，还有一个呕吐不堪的女人。一个失魂落魄的男人，想起牡丹亭的段子，他拖着沉重的步子，嘲笑着自己如今的境地。

桃花已掉落深谷，云雁还在飞来的路上。它轻信山鬼的媚言，变成一只穿山甲，渴望打通从人间到天上、到地狱的路，然而丛林的危险，已不仅限于同类的斗争，还有越来越严重的生存环境。虽然山啃不尽，可树木的凋零、食物的贫乏，让它这只穿山甲都摇头皱眉。

它又化作深山的幽兰，汩汩地掉下它的粉尘。它不理会风的嘲讽、雨的奚落，它只在浴血奋斗中，开出它最高洁的花朵，不求人的欣赏，只奉献给大地。

第二辑　梦幻

楼兰公主

沿着罗布泊行进，中途刮起了大风沙，我剩下的水很少了，那长长的沙漠地带让我打消了穿越塔克拉玛干沙漠的念头，不知是什么原因，我竟然晕了过去，而且我根本不知道晕过去多久。

我隐约记得有位漂亮的女人进入了我模糊的视野，她长什么样子呢？白白的肤色，穿戴一身丝绸服饰显得高贵而又冷艳，她头上戴着挂满珠宝的头冠，身上挂满了美玉。长长的、乌黑的头发贴到了她的脸蛋旁，一张略显修长的脸蛋上隐约透着几分自信的微笑。她的身材有些消瘦，修长的眉毛将她那双水汪汪的大眼睛修饰得更加迷人。她身边还有几位西汉王朝的士兵跟随。

“你是谁？”她将我扶起，还给了我水喝，我顿时感觉活过来了。

“我不知道我是谁，这是在哪里？”我好奇地问她，她蹲在我身边，身上佩戴的美玉闪着珠光。

“这是在我们楼兰国，你来自哪里？”

“我来自中原。”

“哦，是中原吗？哎！我明天就要到你们中原去，可是我不想去。”

“为什么不想去？”这时我发现她已经起身并转过去，脸上似乎变得阴沉，阴沉的脸上又带着几分让人疼惜的柔弱。我强忍着疲倦站了起来，她身边的几个大汉士兵被她打发到另一个地方去了。

“因为我不想离开我的王国，我的子民都非常爱我，我不忍心离开他们。”

“那你为什么不留下来？你去中原又是为什么事？”

“你知道米兰吗？就在离我们这儿不远的地方，你来时看到过米兰城吗？”她睁着如水般的眸子问我，我感觉她像个公主，因为她的穿着那么富丽雍容。

“米兰？我来的时候看到的都是沙漠，我没有经过什么米兰城，这跟你到中原的事有什么关系吗？”

“米兰城是你们大汉王朝的一个边城，那里面有你们大汉的军队，还有我们楼兰国的子民，还有我们楼兰的女人……”

她说到这儿若有所思，转过身瞧瞧我，似有几分说不出的疑惑。当我看到她脸上又泛起笑容时，我感觉眼前的这个女人真美，她看起来是那么的单纯和清新脱俗。

“这跟你们大汉的使者有关。几年前，我父王接受了你们大汉皇帝的册封，我父王也依靠你们大汉的士兵稳稳地坐上了楼兰的大王，可是你们那位深受皇帝信任的使者走了之后，那些帮助父皇打江山的大汉士兵却不肯走，父皇没有办法，只得为你们汉兵建立了米兰城……”

“可是这又与你们楼兰的女人有什么关系？”

“你们大汉的士兵渐渐变得傲慢无礼，那些士兵向父王索要我们楼兰的子民，父王没有办法拒绝，因为父王的兵马根本无法和你们大汉的兵马抗衡，所以只好从十个楼兰人中抽一个过去。你们的兵都没有妻室吗？我怎么只看到大汉的男人而没有看到大汉的女人呢？于是那些汉兵又向父王索要楼兰的女人，可是楼兰的女人本来就不多，父王不答应，可若是不答应，你们的士兵就要来抢，结果父王只好跟对方约定每年送多少楼兰的女人过去，不然我们楼兰国现在肯定是一片混乱啊。”

“该死的霸道的汉兵！”

“原本那些汉兵不坏的，当那位德高望重的使者回朝廷复命后，汉兵才逐渐变坏的。”我突然看到她眼角流下了几滴泪，她的模样深情又楚楚动人，让人想要疼惜安慰，可是我终究还是不知道该如何安慰她。

“我要嫁到你们中原，父皇说只有我才能拯救楼兰国，不然我们楼兰的子民会被你们的汉兵夺去完的。”

“你能拯救楼兰？你一个弱女子又能做什么？”

“我从小就学你们的语言，了解你们的文化，打听你们大汉皇帝的喜好，最近父皇听说你们大汉皇帝在到处寻找梦中的女子，所以父王相信凭借我的样貌，一定能打动你们大汉的皇帝。”

“你父皇是想让你进宫，在大汉皇帝面前替你们楼兰说几句好话吗？”

“是的，可是……”

“你的顾虑是什么？”

“我还是不太清楚你们皇帝的喜好，我担心进宫反而会给楼兰带来灾难。”

“难道你是害怕得不到大汉皇帝的欢心？”

“我倒不担心这个，我听说你们大汉皇帝喜怒无常，喜欢杀人。”她说到这儿眉毛蹙了一下，似乎心里有难言的苦衷。

“你知不知道进皇宫意味着什么？”看着她单纯的样子，我似乎能预料到她的命运，除非她不去大汉。

“我知道，成为你们大汉皇帝众多妃子中的一个。”这样一个美丽的女子，进宫之后不是被皇宫里众多妃子之间的钩心斗角所折磨，便是被皇宫里的权力斗争所吞噬。

“皇帝的妃子很多，皇帝也是喜欢打仗的一个人，恐怕你去了也只是徒然地成为一个牺牲品。”

“母后也这么说，可是父皇不同意，我也不忍心让我的子民过着水深火热的生活。”

“这么说来，你是一位公主，还是一位爱民的公主。”

“我虽为公主，却没有一点贡献，我觉得很对不起我的子民，明天，就是车队到达楼兰的日子了。”说完她变得忧愁起来，她的眼角藏着淡淡的悲伤。

“你有喜欢的人吗？你非得去那个是非之地吗？”

“我有喜欢别人的权利吗？从小我就过着与别人不同的生活，即使我喜欢某个人，最终也会被父皇破坏。”

“你父皇也太残忍了！”

“父皇只生下了两个孩子，我还有一个妹妹，可是在大家面前，我必须叫她王弟，因为满朝文武都以为她是个男儿，父皇将来要让妹妹继承他的王位，父皇最担心妹妹了，所以父皇才希望我到你们大汉皇帝身边去，父皇把楼兰的重任交给了我们姐妹两个啊。”

“你父皇也太狠心了，他怎么能骗自己的子民？怎么能如此折磨自己的女儿？”

“也许是贪恋权力吧。”

“公主，我劝你不要去，我该叫你什么公主呢？”

“叫我雪夕公主吧，因为我出生在一座雪山下，那天父皇说夕阳很美很美。”她解释。

“雪夕公主，你能带我去楼兰城看看吗？”

“这个自然，走。”她笑着伸出了手，拉着我走向了楼兰城。

一到楼兰城，我彻底惊呆了，高大的楼兰城里来往着各式各样的行人，有大汉的商队，有印度的僧人，有楼兰的士兵……

楼兰城里到处绿树葱茏，街市繁华，人口众多，建筑密集，房屋商店整齐有序，道路宽广伸向四面八方，商铺里摆满了来自中原的各种商品，以陶、铜、丝绸、漆器、木器、茶叶最为常见。

雪夕公主将我安排在一所官所后便回她自己的住处去了，我从官所的人那里了解到她的父皇原本是一位专制霸道的国王，威信十足。但是在接受大汉皇帝的册封后，他就变得柔弱起来，他对待汉使的卑微程度，也完全不是一个国王该有的姿态。

……

第二天雪夕公主还是跟着汉使走了，她还叫上了我，我正愁穿过那长长的沙漠没有干粮和水呢，不知道是为什么，我和她还偏偏路过了米兰城。米兰城也非常繁华，但是在我看来，这繁华也只是彰显得那些来来往往的汉兵更加强势傲慢罢了。

我跟随着她的车队，一直走，一直走，走过了许多小城市，也走过了许多风沙地带，当我们行进到一个略显荒芜的地方时，已经是人困马乏，于是，车队在此停留稍作休息。雪夕公主要我出去陪她看大漠的夕阳。

“要是我死后能随着那些风沙一起飘走该有多好！”雪夕公主感叹道。

“你喜欢夕阳吗？可是夕阳很短暂啊！”我叹息着对她说道。

“就是因为短暂和美好，我才更加喜欢。”

……

“听，什么声音？”雪夕公主突然问我。

“糟了，是风沙要来了，快，我们找个地方躲躲吧。”可是我们离车队还有一段距离，我眼睛里似乎已经吹进了几颗沙粒。

“没有什么可以躲避的地方啊！”我心里慌了神。

“快，抱紧我，用我的长袍把我们包围起来。”于是雪夕公主将我抱住，我闻到了她身上的香味，将她抱得更紧，她身上的玉器发出了悦耳的脆响。我亲吻了她。

但是风沙过后，她打了我一记耳光。她跑着，哭着，似乎要逃离我，而我追着她，追着追着便醒来了。我身下仍然是一片白色的沙，夕阳西下，我感觉到一阵失落，仿佛听到驼铃声在我耳畔响起，那声音是那样的温暖。

玉茗册

天空碧净如洗，杜辰从一条柏油小路误入小巷深处，只见一位老妇人正在修剪院前的花草，院额“一亩芳塘”格外淡雅，不由自主地，他随着曲折小径，进了屋。

古色古香的院子，藏在绿荫之中，花草点缀其间，宽阔的转廊，为到来的客人提供了饮茶与打发时间的空间。杜辰找了个位子坐下后，点了一杯“浅秋桂花茗”，不远处坐着一位身穿白色旗袍的女子，二十来岁，容貌优美，她也正在此饮茶，凝望人时，眼中似有星光闪闪。

“一盏茶时”“慢生活”“就是躺平”……在我细细品味它的陈设时，茶已经上桌了。

“这是你的茶，记得要和这些水果一起吃，才有味儿。”

茶杯上浮动着浅浅的桂花，冰块与茶水、奶色融在一起，通过透明的玻璃杯来看，别有一番风味，杜辰搅动着茶，抬头便看见了那位女子的笑容。

杜辰低头饮了几口冰茶，又吃了几颗水果，渐渐地感觉身体发软，陷入了一阵昏睡。

……

梦中，杜辰置身于一片雪林，大雪纷飞，丛林之间空无一人，道路玉树琼枝，偶有小溪，天空呈现一片银灰，山谷腐草沃雪，雪泥之上，则凋落了许多山茶花，有红的，有白的，有黄的。

杜辰情不自禁地拾起几朵山茶花。

沿着石径小路，杜辰到达了雪龙岭，悬崖之上结了一排排的冰，如笙箫并列，在山谷的入口有一石，刻有“相思谷”三字，他将手中的花瓣撒落，一阵香气扑面而来。

眼前一女子翩然降落，虽惊现于雪谷却衣裳单薄，姿态粲然，面容清澈，却又似惹上了惆怅，竟显忧戚，等走近了才发现，她竟在流泪。

“小姐何故流泪？”

“因为你……”

“我？！呃呃……我不认识你啊。”

“年年都来看山茶，杜郎最是偏爱她，她若知我偏爱意，雪中点头微笑呀……”

“这是我写的诗，不过都是好几年前的事了。”

“你现在知道我是谁了吧？”她问。

“哎，我真的猜不到。”

她诡异一笑，然后生气讽刺道：“你说偏爱我，可能也是骗我的咯。”

杜辰似乎明白了什么，但又问道：“请问你叫什么名字？”

“玉茗，宝玉的玉，茗茶的茗。”

杜辰欣喜一笑，接着说道：“玉茗者，山茶花之别称也，陆游有诗曰：钗头玉茗妙天下，琼花一树真虚名。”

她莞尔一笑，说：“谢谢你的夸奖！”

“古代许多文人以花为喻，也有自己偏爱的花，陶渊明喜欢菊花，林和靖喜欢梅花，柳宗元喜欢芙蓉花，苏轼喜欢海棠花，如果要像古代文人那样找一种喜欢的花，那么我唯独喜欢山茶花。”

玉茗欣慰一笑，说道：“我是山茶花妖，你说你喜欢山茶花，算是喜欢我咯？”

看着眼前貌美如花的姑娘，哪有不喜欢的道理？可是杜辰却说道：“我喜欢的是山茶花，而你却是一个大活人。”

“我这样的大活人你不喜欢？”

杜辰转喜为悲，叹道：“你年轻貌美，从外貌来说我很是喜欢，但是喜欢又不只是看外表，若你的灵魂不得我欢喜，那么我也只是沉溺于你的外表。”

“我的心灵早就给你坦白了，只是你还不领情。”

像当头棒喝，杜辰感觉这一切来得好突然，就算是自己对山茶花深情，她竟然也会懂得感恩，愿意化作人形，来报答他的深情，她从花妖变为人，又经历了多少苦难呢？

“对不起，我有负你的深情，我本说年年来看你的，可是我有时也不来……”

“是的，我只有盼你，等你，你不来我就只有以泪洗面……”

杜辰将玉茗抱入怀里，哭道：“我多么渴望，与你的爱情是真的，我多么渴望，你是陪在我身边爱我的一个人。”

玉茗亦流泪道：“我也希望自己永远是个人，可是我是个妖，如果我成仙，那就见不到你了，所以我只能永远堕落为妖，只能短暂为人。”

“为什么呢？”

“因为我只有自毁道行，才能永做一棵山茶花树，才能等到你来看我时，幻化成人进入你的梦……”

“没有别的办法了吗？比如我带你走出梦境，让你成人。”

“你太天真了，我只有年年堕落成妖，才能见你……”

“我觉得对不起你的深情，你本可以飞升成仙的，却为了我甘愿为妖，不值得……”杜辰说道。

“当你拾起那朵山茶花时，我的心便托付给了你，我便爱上了你……”

“不行，我必须让你成人，让你复活……”

可是能摧毁掉那个短暂相会的梦的便是杜辰的执念，他不知道，山茶花妖需要多么大的能量支撑才能幻化成人，他更不知道妖如何才能幻化成人。

杜辰想从梦中带走“玉茗”时，玉茗便瞬间崩落成花瓣，花瓣中突然有一块冰凌刺中杜辰的心脏，他从梦中瞬间惊醒，而手中却多了一朵钩针编织的山茶花，他看到桌上有一些水滴，不知道是茶水还是泪滴，他突然想起坐在不远处的那位旗袍女子。或许……

他惊问道：“那位穿白色旗袍的女子去哪里了？”

那个端茶的老妇人笑笑，说道：“她走了。”

“你怎么不留着她？”

“哦，对不起，她是你朋友吗？”老妇人慌忙道歉。

“不是，但我感觉陷入梦境和她有关。”杜辰说完，慌忙跑出院子，想要找到那位女子，可是哪里还有人呢。

邛窑穿越记

顺着南河沿岸一路行走，风景宜人，水映云霞，不经意间，便到了邛窑十方堂。作为中国最古老的民窑之一，四川古青瓷系的代表，中国彩绘瓷的发源地，多少游客、专家、陶瓷爱好者等为一睹它的真容和风采，不远万里跋山涉水，从天南海北不约而同地纷至沓来。

走进一间展厅，一件唐代绿釉长嘴省油灯吸引了我，那不是陆游“种草”的一款“黑科技神器”吗？他在《斋居纪事》中写道：“蜀有夹瓷盏，注水于盏唇窍中，可省油之半。”看着眼前这精巧的器物，我不由得被它带入了时空隧道。

器物瓷质圆形如坦口碗状，为上下夹层，油盏下腹部中空，其腰部有一小孔，它悬浮在一滚圆状的科技中枢大厅，忽然开口道，欢迎你进入我的时空隧道，嘻嘻嘻！现在我将把时间的指针向前拨动到公元 877 年，即乾符四年，大唐时期，请看大屏幕。

只见邛州陶窑学院下，老者须白目细，手中握着一件青灰釉瓜菱形罐，仔细查看，摇头道：“化妆土太厚，点彩太小，火候不够……”

众弟子面面相觑，原本以为烧造了一窑好瓷，结果又失败了！那些瓷器又会被老者从龙窑取出摔碎。这时，一位青年忍不住站了出来，他紧张地跪下说道："师父，我来学艺三年了，您只让师兄师姐动手烧造，从来不让我动手，我想……试试！"

老者眼神从瓷器上游移过来，漠不关心道："先前派你到大邑帮工烧窑，你把你师叔家的窑顶烧穿、炉栅弄坏，我这老脸都没地儿搁了。"

这话引得师兄师姐一阵哄笑，青年万分窘迫！三年了，老者不是派他到青羊宫窑、灌县金马窑、崇州天福村窑、金堂金锁桥窑等四处帮工，就是派他扛上师兄师姐烧造的瓷器到成都街市去叫卖，每次有教学烧瓷的正事时却常常忘了他。

青年成了一个打杂闲人，平时老者教众弟子学习揉泥、拉坯、上釉、画坯、烧窑时，他也只能为师父上茶、扇扇，仅仅在一旁观摩，每次他眼神里充满了渴求，想动手做坯时，老者便把他支开了。

几十年后，众弟子先后在各地开窑烧瓷，只有那位青年留了下来，继承了老者的衣钵；他也老了，旁边摆放了铜、铁、锰、钴等着色剂，他匀速转动着手中的执壶，蘸着铜汁上彩，一滴滴眼泪流了下来，与他刚刚点染的着色剂融合在一起。

……

时间的指针又拨动到公元1072年，北宋熙宁五年，省油灯跳上一张木桌，画面徐徐展开。这一年，"铁面御史"赵抃为资政殿大学士、知成都府，同时，蜀人苏轼担任杭州通判。正逢清明，在临邛某茶肆，五六个名流雅士，各取临邛黑茶，先将饼茶碾碎，置于邛盏中待用，待水烧开后，向邛盏中注入些许沸水，调成黏糊状，用茶筅匀速搅动，等到沫饽渐生，形成粥面，便相互品评，以分高下。

"少愚兄，你制作的茶汤清白如斯，定是第一！"赵抃说道。

张俞（字少愚，又字才叔）笑说："非也，茶如人生，人生如茶，其上品之茶，虽如天地之英杰，往往沉于下僚！"

吴彦先接话道："才叔兄，我看你似还没有从《蚕妇》之诗中醒过来，今日点茶，你看赵兄身边的白鹤鼓腹便便，喝得撑肠拄腹，茶汤本属最好。”

众人听后纷纷大笑起来，茶馆老板、市民争相围观几个雅士斗茶，像看球赛一般目不转睛，最后赵抃获胜。

……

时间的指针又拨动到公元907年，唐昭宗天复七年，这一年唐朝灭亡，大蜀建立，画僧贯休入蜀已有几个年头，地点：益州——省油灯如是说。

荧幕缓缓展开——

朝堂之上，大蜀开国皇帝王建声泪俱下，痛骂朱温，拒不承认其篡唐行为，此时，听闻贯休有诗献上，王建才稍稍整理仪容，命侍卫念与众人听：

揭日月行，符汤禹出。

天步孔艰，横流犯跸。

穆穆蜀俗，整整师律。

髯发垂雪，忠贞贯日。

……

此诗写出了王建治理益州井井有条、繁荣昌盛，赞扬他具有“帝王之气”“龙凤之姿”。贯休献诗正中其怀，王建转怒为喜，命道：“赐禅月大师紫衣，与高道兴、房从真、阮知诲等一众画师为青瓷绘彩，一诗、一画、一器，彰我大蜀盛象。”

沃野千里的巴蜀，迎来了诗、书、画与邛窑的美学碰撞，这是真正的三彩符号。

从朝堂到民间，邛窑深受蜀人喜爱，产品包括壶、罐、钵、碗、盘、杯、碟、盏、灯、炉、匜、豆、盒、唾壶、坛、玩具、人像、动物等，各地的商肆堆满了“临邛造”陶瓷，产品远销到波斯、身毒（印度）、高丽等地。

……

时间的指针拨动到公元2025年，直到此时我才醒悟到自己被一盏省油灯控制了意识，可我还来不及反应，它就已经把我带入了未来的时空，无奈之下，我只能继续观看它展现给我的画面：这一年，北京举办“中华文物国潮展”，三星堆等文物纷纷进京参展，而邛窑落选，听闻此消息的省油灯“邛小灯”不高兴了，正好一位叫作“上官露儿”的北京姑娘，在邛窑考古遗址公园做完自己的学术调研后，就要回北京了，邛小灯飞身钻进了她的衣服口袋。

等上官露儿晚上躺床上准备休息时，忽然摸到衣袋里的省油灯，她掏出一看，吓得瞬间起身，自言自语道：“省油灯，你怎么进了我的衣服口袋？”“难道是我考察时不小心装进来的？”“我记得好像都没有碰到你啊？”

省油灯给上官露儿做了个鬼脸，从她手中跳到空中，撒娇道：“姐姐，我想参加中华文物国潮展，麻烦你带我去北京，求求你啦。”

看到“邛小灯”那呆萌的样子，上官露儿不由得扑哧一笑，说道：“小乖乖，你可是尊贵的文物耶，你现在私自出逃，说实话我有些担心！”

“邛小灯”摇了摇头，说道：“姐姐不用担心，你带我去参加了展会，然后我自己就会飞回去的。”

上官露儿将信将疑，然后说道：“你保证？”得到肯定的答复后，她接着又说道，“但是你要答应我一件事，你出逃的事情被举报了，千万别供出姐姐！”

“邛小灯”欣喜地给上官露儿唱了一首歌，上官露儿被它逗笑了，接着问道：“除了这些本事，你还会什么？”

“姐姐，我还会无火点灯！”

“表演一个，给姐姐上上才艺！”没等上官露儿反应过来，那“邛小灯”已经点灯灭灯数十次，像一只硕大的萤火虫在空中飞舞。

“你还会什么？”

“让我想想，姐姐，好像没了！”

“就这点才艺？”上官露儿故意讽刺道，“我们在去往北京的路上，你要多学几个才艺表演，不然你去参加展会，估计会败北！”

“知道了，姐姐！”“邛小灯”显得有些委屈，然后跳入上官露儿的手上。第二天，他们就开启了北京之行，可是“邛小灯”一点也不省心，路上它就像一个好奇的孩子，时常钻出上官露儿的衣服口袋，伸出它的脑袋这里瞧瞧那里看看，有时还要和上官露儿争吃零食和饮料。

终于，中华文物国潮展开幕。

在四川文博分馆内，讲解员向领导介绍道：“此次四川来参展的文物有三星堆的，有金沙遗址的，还有罗家坝遗址博物馆的……”

“还有来自四川邛窑的……”正愁怎么将“邛小灯”放进四川文博分馆的上官露儿，忽然听到“邛小灯”自己说话，吓得花容失色，慌忙将省油灯交给了讲解员，逃出了四川文博分馆。

这时，领导也注意到了，于是问道：“你手中的这个是？”

讲解员慌忙向领导解释道：“这个叫省油灯，是四川邛窑生产的一款省油高科技……”

“哎呀，这么好的文物，怎么不给个展位呢？”领导才说完，下边的人员赶紧动手布置，不承想这一画面被一位网红博主录到了直播现场画面中，这段视频也被网友炒得热火朝天，很快邛崃当地政府也看到了这段视频，慌忙打去了电话：“请问是中华文物国潮展组委会吗？我们是邛崃的文物保护人员，我们看到有盏省油灯出现在你们展会，我们猜想可能就是我们丢失的那件文物！”

“实在不好意思，我们也不知道它是怎么出现的，听说是一位女子拿出来的，但是她现在已经不知所踪，我们正在调查，这件文物我们会暂时帮你们保管好。”

“另外，我们领导看到了省油灯，十分重视，如今它已经火爆全网，全国网友都想目睹邛窑的真容，所以我们想请求你们那边，能不能再带几件文物过来，支持一下我们的展会？”组委会工作人员问。

“没问题，我们当地领导也很重视，感谢你们主办方让邛窑火爆全网，目前领导还计划奔赴北京，洽谈邛窑的后期文创开发和保护。”

一阵瓷器碎裂的声音冲入脑海……我从昏睡中惊醒，眼前的帐篷让我感到十分陌生，转身便看到一位女子正对着我笑，她说道："你终于醒啦？"

"这是在哪里？我怎么啦！"

女子说道："在邛窑展厅里，你有些晕，我便把你搀到我的露营帐篷里，你可倒好，昏睡了几个小时，是不是低血糖？"

"我想也许是的！"我起身钻出帐篷，只见夜幕即将来临，南河边流水安澜，不少市民往来穿梭，灯火也亮了起来。

前秦遗梦

一个深夜，我闭上双眼很快进入梦乡。

当一个梦延续一千多年时，我知道我将要醒了，我睁开眼，却看见自己身在一座朱红大院门前，我疑惑着，好像又听见门内隐约传来织布机的声音，我突然明白，上一个梦已经结束了，但这个梦才刚开始。

谁都不愿意清醒着做梦，因此我狠命地掐着自己的手，踢打着门和地上的一切，可是都无济于事，也许是昨晚我看书看得太久了，也许是有某个幽灵已控制了我的灵魂，在一番挣扎后我无奈地躺在了大门前。

门里的声音还继续响着，过了一会儿，织布机的声音突然停了下来，只听见淡淡而轻柔的一句："客官，进来坐一下吧！"她话音刚落又响起了织布机的声音，我不知道老天在梦中会给我怎样一个安排，带着好奇心，我从地上站了起来。

我进了屋，看见一位二十三岁左右的漂亮女子在织着布，她看起来雍容华贵，与一般女子不同，我看到她那身着装时真的吓了一跳，我该不会穿越了吧？据我所知，她身上的衣服应该属于五胡十六国时期，我祈祷着，宁愿自己是在梦里也不要穿越。

她回眸一笑，这一笑真是巧笑倩兮、清扬婉兮，看着她倾国倾城的容貌，我心动极了，可惜我并不认识她，我不敢看她的眼睛，因为她的眼睛里好似藏着星空，太迷人了，我别扭地问她：“这位……这位姐姐，我认识你吗？”

她放下手中的活儿，甜甜地说：“你认识我啊！我们之间发生的事你都忘了吗？你喜欢我，你是一个傻人，和我一样傻。”她瞬间又由喜转悲，从怀里拿出手帕擦着眼泪。

“我真不明白，你们女人都这么善变吗？”我不再去想自己的话是否合适，接着问道，“姐姐，你为何而哭呢？我是一个不会说话的人，你只需听我说的好话，坏话就别记心里了，那样你就不会这么伤心了。”

“你错了，我和你都伤心到骨子里了，要不然我不会请你来，有时我都想要让你解脱，不必再搭理我这个梦。”

“你说梦是你设下的，你有话要对我说？”我吃惊地问道。

“可以说是，也可以说不是。”

她补充道：“我只是对你的灵魂进行了呼唤，这个呼唤与灵魂的关系比一条河流与河道的关系都要弱一点儿，而且呼唤有许多种，正如河流的河道一样，但最终只有你才能随着我真实唯一的呼唤到达这里。但凡你的灵魂在行走的路上说半个‘不’字，梦都会破灭，只有你是自愿的，才能进到这个梦里，同时你也是幸运的。”

“这么说来还真是上天注定的缘分啊！你可以把你的名字和故事都告诉我吗？”我急切地问道，此时我并不想走，我生怕梦醒了，无论是悲剧还是喜剧，我都希望是完整的。

“我累了，先带你去看看周围的这一切吧。”她见我点头便迈着莲步缓缓在前面带路。

我跟着她，一路上看见的美景美得让我忍不住驻足停留。她看我走得那么慢，便淡淡地说了一句：“你再走这么慢，我就把你送回去。”我悄悄看了她一眼，发现她是故意说这话的，因为我看到她又轻轻笑了，只是不愿让我看见所以又转过头去了，于是我加快了脚步。

跟着她我并不觉得狼狈，反而觉得开心，刚才她说我喜欢她我也不觉得尴尬了，我不讨厌她，我想知道她的名字、她的故事，尽管我明白这是梦，醒来时一切都将如云烟散去。

她把我引到一处亭子，亭子很宽敞，摆放着各种东西，我和她刚走进亭子，却发现亭子里一片漆黑，明明外面是白天，亭子又没有围墙，为什么亭子里像施了魔法般这么黑呢？我紧张地扯着她的衣襟问她。

“不怕告诉你，我现在已经活了一千七百七十年了，但我还是二十多岁的模样，今天是特别的一天，用你们现在的话说，今天是我的生日，黑夜还没到来，所以我将琼花玉露洒在了红柱上，它们把亭子周围的阳光都吸尽了。”

我走过去摸了摸红柱子，发现上面果然有琼花玉露。今天是她的生日，我却没有礼物相送，她都活了一千七百七十年了，而我曾经爱过她？她是谁？我与她到底有过怎样的纠葛呢？她该不会要把我困在这里与她相伴一辈子吧？我突然感到害怕。她是值得相信的，我脑海中拼命这样想。

“你放心，我会让你走的，等你走后，我会重新寻找我的梦。”她又哭了起来，泪眼婆娑地望着我。

“好了，苏蕙！从你一开始织布，我就看出你织的是回文锦，世界上只有你一人会织回文锦，你叫苏蕙，我一开始没这样叫你是怕认错了你，让你伤心，当我听到你说你活了一千七百多年，又仔细听了你的声音我才真正确定了。”我认为自己说得很完美。

“什么，你能听出我的声音？你知道我织的是回文锦？告诉我，你是不是一直都在思念我？我以为一直以来只有我自己在苦海煎熬。”她伸手抱着我，像个小孩似的呜呜哭起来。

我内心很挣扎，明明自己才刚明白，却百般掩饰说自己早就知道。明明没见过她，没听过她的声音，却要装作对她很了解、什么都知道。

“我当然爱着你，可惜我与你不在同一个时空里；我当然爱着你，只是我是个凡人，会有生老病死；我当然爱着你，然而我的平凡、相貌平平，你不会把我放在心里的。”我对着苏蕙说。

她说：“不！我与你的梦是独一无二的，我爱你也是天长地久的，等你醒后，我就把我的梦毁了，那么我也将死去，我将会永远属于你。”

“啊！原来你与梦一样脆弱，梦就是你的生命。别把梦毁了，如果你真爱我，我希望你多给我几个梦，你要和梦一起活下去。”我劝她道。

“好吧，我会和梦一起活下去。”她说着微微一笑，脸上像绽开了一朵花，她拉我过去。

“你看，这桌子上是我采集桃花制作的桃花饼，里面还拌有琼花玉露，吃了它你会变年轻的。”她刚说完，亭子里瞬间亮了，她还说我们现在制作的蛋糕并不一定比她做的桃花饼好吃，我问她为什么知道我们当今的事，她说她会穿越，真是吓出我一身冷汗，她又安慰我说她会未卜先知，我此时已经不知道她说的哪句话是真的。

我相信预兆，但我不相信命运。我抬头望了望，亭子上面似乎挂着一盏月亮，我问她：“你上面放的是月亮，还是一盏灯？”她见我一脸茫然，沉默一下只好说：“月亮，你是不是嫌它太暗了？你还需要星星吗？我摘给你。”不知怎的她挥动了一下手，星星便突然像长了翅膀、有了生命般朝亭子飞了过来，我看见星星竟然有着一张笑脸。她若真留我，我是跑不出梦的，可我不想沉睡一世啊！

她见我有些不习惯，忙向我问道：“你在想些什么？这一千多年来，我听过的可多了，小草给我讲生命的起源，讲女娲和伏羲的故事，鸟儿给我讲王母和玉帝的故事，水给我讲屈原、洛神和王勃的故事，这里每个生命，都由神来主宰，但我不受神的管束，我敢爱敢恨，但我活得很孤单。”

“你没想过投胎转世吗？何必守着一千多年的梦这样痛苦地走下去？”我反问她道。

“投胎转世是很简单的，可你想过没有，一旦我投胎转世，我拥有的一切都将没有，我……”她有些说不出话。

“原来你是舍不得放弃，我与你真是‘同是天涯沦落人’，我也舍不得放弃，但你和你的梦将长存，也许我就是个过客，来去不留一点痕迹。”我感叹道。

“不说这些了，我知道梦快结束了，我的名字你已知道，我的故事现在还不能告诉你，你要等待，正如你的未来已注定，许多事情未来你会懂的。”她郑重地跟我说，还拿了一块桃花饼给我，我吃了下去，味道是甘美的，至少人间不会有这么美味可口的桃花饼。

“可你说呼唤灵魂的道路是唯一的，我怎么能保证来到你梦中呢？”我着急地望着她，伸出手去握她的手，却像握着一块冰那样冰凉。

我泪流满面，紧紧握着她的手，泣不成声地说：“请你告诉我，苏蕙！我要怎样才能来到你的梦里，无论有多么困难，我都将努力，我不愿与你分离，我已经爱上了你。”

她泪如雨下，眼泪飘在半空不肯落下，我才懂得原来眼泪是有生命的，何止她的眼泪，我的眼泪，世界上千千万万人的眼泪都有生命，它们存在，落入泥里，让世界变得柔软和清透。

突然间，这个世界真掀起了波涛洪流，她温柔地说道：“相信我吧，我与你的梦还未完，你走之前，我会给你方向。”

“你记得你的书吗？我的名字在书上就有了生命，但我的生命不是任何人都看得出和感知得到的，当你真正将灵魂交由我引导时，我就会与你同在。”苏蕙说。

“我相信你现在说的话，可我不相信你说我们还会在梦里相遇，你闪烁的眼睛出卖了你，你总是将快乐给了别人，把寂寞留给了自己。”我牵着她的手不肯放开，我明白梦都是易破碎的。

她挣脱开我的手，放走了月亮、星星，她说：“你看吧，红柱上的琼花玉露很快就会变干，当它们散尽时，天就要破晓了，当你的梦变得更长时，你就会有生命危险，我不想害你，你有话就快说吧。”她抽泣着，伸出手抱着我，我还有什么话可说呢？我觉得只有眼泪能解释，其他一切都显得苍白无力，我的大脑陷入一片空白。

“不明白的时候，就望着河流、大海、远方、星空，它们会告诉你我在何方、你在何方、你的未来在何方。”她说，我记住了这些话，刚吻了她一下，顿觉大地山川为之变色，睁开眼，我竟然吻着书，“苏蕙”二字刹那闪现在我眼前，我实在不敢相信梦会那样真实。

我起床走到窗前，看见白鹭正环绕着岸边，从这岸飞到那岸，河水像知人意一样静静地流着。

坠唐遇文妖

昨夜梦中，坠入唐朝，邂逅一位漂亮的姑娘，梦中的我一开始与她若即若离，我始终比她快半秒，她总是随着我的路途在寻找什么。

她是怎样的一个样子呢？她美丽、温柔、明眸皓齿、长发飘飘，有倾国倾城之貌，脸上带着些许忧愁，她的艳丽与气质仿佛与生俱来，没有修饰，她是那么自然，她是未沾染世俗的靓丽女子，她凝眉的样子让人怜爱与疼惜，她笑的样子更好看。

梦中的我不知在进行怎样一段路程，她也沿着我走过的路缓缓而来，她始终比我慢半秒，她没看见我，我却看见了她，她每走一段路都要问路边的行人，我不知道她打听的是什么事，看她焦急的样子确实让人心疼，我想停下来，可梦却让我继续前行并与她始终保持一段距离。

梦中的路既有康庄大道也有崇山峻岭，虽然这一切的路程对梦中的我来说不算什么，可对她来说却是千辛万苦，比如在经过一段石梯时，我能轻易地走过很多台阶不喘气，她却每走几步台阶就要停下来休息一会儿，她眉头紧锁，但她没有放弃。

她的坚定让我感到奇怪，我本以为她大概只是与我同行一段路程很快就会分开，可她却一直朝我走过的路奔来，我并不害怕她，我喜欢她，在一段崎岖的山路上她遇险了。

我记得那是一座非常高峻的山，在悬崖峭壁上修有栈道，栈道是由一块块木板插入石缝连接而成的，木板一边连着石缝一边却悬在半空。人踏在木板上发出咯吱咯吱的声音，我真怕把木板踩断，然后掉下悬崖摔得粉身碎骨。

我战战兢兢地走过了栈道，她观望了好一阵子才伸出脚踏了上去，这样危险的过程她硬着头皮也要去做，她心中一定有一个信念，那样一个娇弱美丽的姑娘，我料想是从来没有受过这种苦的，她以为过了栈道就算安全了，但危险却趁隙而来。

栈道过了是一处平地，平地上突起一道险关，道路完全被一座高十几米的巨石拦住了，巨石上凿有石洞，石洞上有拉手，铁铸的拉手浇铸在巨石上，我依靠拉手轻易地就到了巨石顶端，我知道巨石的另一边也有拉手，梦终于肯让我为她停下来了，我没继续往前走，在等着她。

她很艰难地依靠拉手上来，可不知什么缘故，在最后一级拉手上，她尝试了许多次始终不能越上石顶，也许是拉手与石洞的距离太大，也许是她一路走来耗费了大量体力，眼看她就要掉下去了。

情急之下，我试图去抓她的手，我知道要想把她拉上来不是一件容易的事，但我甘愿冒着和她一起栽倒下去的风险，我不明白当时是什么力量驱使着我。

最终，我还是没能把她拉上来，我和她一起栽倒下去了，我也不知道我们两个昏迷了多久，我醒来时就瞧见她用泪汪汪的眼睛看着我，好像有许多话要对我说，这种感觉宛若千年等一回的相逢！

我受伤了，她的样子虽然很虚弱却比我的情况好一些，我想挣扎着坐起来却感觉到一阵闷痛，我的全身没有一点力气。

她看见我醒来又惊又喜，她看着我说："你先别说话，你现在说话很费力，等你伤好了，我再告诉你我和你之间的故事。"我点点头，她试图背我下山，却发现她连扶我起来都是一件费力的事。

她费了很大力气把我扶在一块石头上让我坐下，又从怀里拿出一块方巾给我擦汗，她温柔地对我说："实在对不起，我没办法背你下山，你等待一会儿，让我去叫几个人把你抬下山去。"她怕我无聊，顺手从怀里掏出许多树叶般的纸片给我，她带着笑意轻声地说："小女子不才，平时在这松花小笺上题过几首诗词，权当给你解解闷儿吧。"

我高兴地从她手里接过松花小笺，我突然想到要下山找人又必须经过危险的栈道，于是我慌忙拉住她的手示意她别离开，她回过头来莞尔一笑，走近了一些轻轻地说："别担心，我会尽快回来的。"她的脸上泛起红晕，我不知道自己的脸当时是否也和她一样。

她娇美的身影渐渐淡出了我的视线，我低头随意抽出一张松花小笺来看，只见上面写着《四时词》：

春

花朵几枝柔傍砌，柳丝千缕细摇风。
霞明半岭西斜日，月上孤村一树松。

夏

凉回翠簟冰人冷，齿沁清泉夏井寒。
香篆袅风清缕缕，纸窗明月白团团。

秋

芦雪复汀秋水白，柳风凋树晚山苍。
孤灯客梦惊空馆，独雁征书寄远乡。

冬

风卷雪篷寒罢钓，月辉霜柝冷敲城。
浓香酒泛霞杯满，淡影梅横纸帐清。

我被这词里所描绘的景色迷住了，不由得沉浸其中，反复默读这些句子，我读懂了她的情感，读懂了她的诗情画意，读懂了她美丽的理想，我喜欢李清照、谢道韫、朱淑真等词人，她们美丽又有才学，而在那一刻我发觉我也喜欢上这个用松花小笺题词的人了，尽管我还不知道她是谁。

我早已说过，她的模样倾国倾城，如此一个闭月羞花、九天仙女般的美人，又能作出如此不凡的诗词，真是太难得了。

还没等我把手里的诗句看完，她已领着几个青年抬了一副担架过来，其实我也不知道怎么称呼他们手里拿的东西，因为他们的服饰打扮和担架与现实中的根本不是一回事，我听不懂他们的话，也许是他们的方言口音太重，我不想追究太多，我总担心过栈道是一件危险的事儿，当我从她眼神眉宇间看出似歌声般的微笑时，我还有什么可担心的呢？我相信她。

我们顺利地过了栈道，她在一家客栈租了一间屋子把我安顿下来，她精神饱满，特别是那双雪亮的眼睛，几天来她无微不至地照顾我，为我讲故事，每次问起我与她之间有什么故事时，她都不肯说，她还让我晚上和她一起看星星。

我喜欢看星星，却不明白她要告诉我的到底是什么，每次看完星星她总会流泪，然后靠在我的肩膀上睡一会儿，我闭上眼便能呼呼大睡，可梦中我总能感觉到她一直在跟我说话。

几天后我问她，是否身上带有足够的钱，我身上是带有一些钱的，还没等我摸出钱她就告诉我说：“不必了。”我想我的钱定然在这个时代用不上，我问她这是什么时代，她笑笑说，“一个你会喜欢的时代，等你伤好了，我就带你到益州城逛逛。”

我思量着，这个时代社会如此和谐，人民思想如此开放，而现实的成都从前不是被唐人称为“益州”吗？而且她身上的服饰打扮包含了胡服和唐装融合的特点，所以我断定是在唐朝，只是我还不明白，美丽的她到底是谁。

她好像看出了我的心思，便问我道：“你是不是想知道我是谁？我为什么要对你这么好？我和你有什么关系？”我沉默了一下点点头，用期待的眼神渴求她能解开我的谜团，她扶我坐到桌子旁边，也不知道什么时候她抱来了一把古琴，跪地坐在垫子上弹唱道：

长安小女名薛涛，能歌善舞朝复朝。
可怜飘蓬无归处，虚假繁荣是唐朝。
随父到蜀没依靠，冷暖受尽世人貌。
遂入乐籍作倡女，一生弹琴谁懂调？
闲来写诗消烦恼，相思断肠路渺渺。
夜半梦回泪滚滚，常年多恨病不少。
韦臬将军有传召，侍酒赋诗雅兴高。
称吾名曰女校书，愿君会意莫取笑。
与你相识梦一遭，光阴荏苒情不老。
天涯海角寻良人，良人匆匆快半秒。
千辛万苦过栈道，孰料巨石横碧霄。
幸郎伸手救红颜，感激涕零终难报。
松花小笺汝知晓，花朵几枝春尚早。
劝君堪折直须折，青山半岭正妖娆。

她唱完后已是泪雨纷纷，眼里那一股脉脉的柔情真要使得花如雨下。我从她的曲子里听出了她的悲伤与痛苦，看似坚强、勇敢的她原来是这般脆弱。

我静静地走近她的身旁，握住她的手微笑说：“苦了你了，总有一天苦日子会过去，而那过去的日子还会成为亲切的怀念，我很高兴你有这样精彩的人生。”

她收住泪，故意生气地说道：“看你说的，我过苦日子你倒幸灾乐祸似的。”

我意识到自己说错话了，想要再说些什么，却不知道怎么说，见她笑了我才像吃了一颗定心丸似的陪她一起欢笑，那短暂的快乐时间缩短了我与她红尘隔断的一千多年，那时我相信爱是不分年龄和时空的。

几天很快就过去了，我的身体也恢复得差不多了。

我不知道是在唐代的什么时候，只知道那一晚的月亮很圆，她邀我出去，她似乎没有了从前那一份欢喜，而是多了一份悲伤。

我和她走了很长的一段路，我不解地问她："你为何看起来不开心？今天的月亮是那样的圆，你想起什么旧事了吗？"

她摇了摇头，用深情脉脉的眼神问我："你愿意留在这个时代吗？你愿意一生只爱我一人吗？你愿意为了真爱抛弃一切富贵名利吗？你愿意娶我为妻吗？"

"我当然愿意，只要有爱情的地方，就是我生存立足的地方，其他一切都不重要。"我回答她道，我知道我有些冲动，可为了爱情而冲动，我甘愿。

她追问我道："你说你可以待在一个陌生的时代，你可以一心一意只爱我一个，你可以不要你的富贵名利，不要你的家人朋友，哪怕遭受万世唾骂，你也要和我在一起，只为得到爱情要你牺牲一切也可以吗？"

我紧握住她的手说："不论生活在什么地方、哪个时空，我都希望能快乐幸福地生活，我的家人、朋友，整个世界的人民、万物，都能找到一份属于他们自己的幸福。我不在乎别的，只要生活能真实如一、有意义，我就满足了。"

她说："你的要求是达不到的，就在我认识你的那一刻，我就知道你最终还是要走的，我留不住你的。"她说完声泪俱下，泣不成声。

我安慰她道："我愿意为你留下来，别哭了。"梦中的我还不懂梦的残忍和时光的无情。

她对我说："你现在有两条路。一条是回到你的时代，你将会恢复你从前所拥有的一切，而你失去的将是等了你一千多年的薛涛，失去的是真心爱你的我。另一条是待在我的时代，你将得到我的爱，但是你将失去你的亲人和所有与你相关的人，他们都将死去。"

我赶紧问她道："我留在这里和亲人、朋友有什么关系？为什么要他们为我的时空转换付出代价？我愿意承担一切。"

她流着泪告诉我说："天不由人，一切都有天意，他们的每一个行动都影响了你的出生时间或是存在状态，你不在他们的时空里，你到了唐朝，那么影响你存在的根源和相关的人、事、物将不复存在，上苍不允许虚无的存在，上苍的轮回都是真实的，上苍要剥夺他们生存的权力，上苍要重新安排命运。"

"如果时光倒流的车轮开启，那天下岂不是要大乱了？既然这个选择如此残酷，那你陪我一起回到我的时代可以吗？"我向她问道。

她回答道："不行的，如果你带我回去，我将是一抔黄土，因为你的时代没有我的演变，而我的时代也没有你的演变，一切生命都将按规律和秩序循环变化下去。"

"谁制定的秩序，为什么要如此残忍？我和你为什么不能在同一时空里？"我苦笑着问苍天道。

"我知道你很痛苦，我也很痛苦，你还是走吧，当最亮的月光照耀你并有紫气袭来的时候，你就推开我，那时你将乘着月光回到你的时代。"她抱紧我，仿佛最亮的月光和紫气马上就要到来，其实我也不忍心离开，我抱紧她，陷入了一个两难的抉择。

"你不要犹豫了，这个机会一旦失去，你就再没机会了。为了你的亲人、朋友，离开吧，把对我的爱埋入心底，永远别再打开。"她用力推开我，大概是出于一种长痛不如短痛的绝情，她试图用逃离来逃避我的爱。

我追上了她，抱住她怎么也不舍得放开，我知道我的决定可能使她变成一抔黄土，可我实在不相信上苍会那样无情。

月光是如此强烈，紫气已经袭来，它像一个愤怒的青年将我和她卷走了，醒来的我很茫然，很落寞，也很悲伤，若真如梦境，她在哪里呢？

我相信她不会成为一抔黄土的，可我寻不到她，我不知道她在哪里，我期待与她重逢，希望与她重逢的那一刻，依然会是一个月圆的夜晚，我还有很多话要说。

走失在雪里

一个下雪天，我从温暖的屋子里走出来，看见大雪纷飞，心里有了一种莫名的期待，下雪和下雨一样，都能让我充满美好的向往，我离开了屋子，没告诉任何人，我去追逐雪，漫天都是鹅毛状的雪花在飞舞。

走过雪地，走过下雪的小路，我越走越远，竟在雪地里迷路了。当我环视自己所在的地方时，才发现我已经远离了人间烟火，目之所及是白茫茫的大地，以及漫天还在下的雪，我想往回走，可是却走不出这片雪境，我不着急，因为我知道如果上天不让我走出雪境，一定是他自有安排。

我甚至听到了雪落地的声音，也感觉到寒冷，没办法，我不能一直待在雪地里，许多的雪花已经落在了我的肩膀上，我的头上，我快忍受不住寒冷了。

我发现我身后的脚印很快就看不出了，可想而知雪下得有多大。我可能一直在一个陌生的地方兜圈子，然而我不知道自己走了多少路，自己走到哪里了，我在忍受不住寒冷的时候多希望有间温暖的屋子立刻出现在我的眼前。

雪遮住了我在雪地里的痕迹，也遮住了上苍观测“人间活动”的眼睛，因此许多鬼魅和雪魔就可以逃离自己的禁地，在人间胡作非为，它们不怕冒险，它们喜欢美好的人间，它们一般也不会随便害人，因为上苍一旦听见大地肆虐的冤言时，就可以沿着冤言魔咒追捕害人凶手，没有一个鬼魅和雪魔能逃脱冤言魔咒的追踪。

其实我已经在雪魔的掌控之中了，我发现很远的地方有一个活动的雪团，我向雪团走过去，突然间雪团爆炸了，从雪团里走出一个美丽的女子，她看起来很年轻，她浑身都像雪一样白，她有雪一样白的脸，雪一样白的眉毛，雪一样白的头发，雪一样白的衣服，如果她没有能活动的双脚、能活动的双手，我一定会以为她只是一个雪人。

使我害怕的不是她如同雪一样白的脸，而是她那雪一样白的头发，她的头发很乱，犹如被雪覆盖着的树冠，她的细腰仿若风中的柳枝，是那样轻盈。我被她美丽的眼睛吸引了。

我们对视了很久，我恋恋不舍地移开了自己的眼睛，她也羞涩地低下头，雪一直在下，我与她对视的这会儿时间，落在我肩上的雪已经快要堆积到我的耳朵，我赶紧拍下肩上的雪，走近问她："你为何一个人走在雪里？"

她也问我道："你为何也一个人走在雪里？"

"我喜欢雪，我觉得待在雪里的时候，内心很宁静。"我感觉自己仿佛瞬间得到了一丝温暖，我不知道是因为看到了她还是因为和她说了这句话。

她淡淡地笑了笑，对我说道："哦，我随意在雪里走走，是雪带我来到这儿的。"

"那么，我们一起随便走走吧。"我说完，她没有拒绝，也没有点头，只是她的眼神里更多的是我猜不透的神秘，我和她走过了许多雪景，我好像有许多话要说，然而实际上我说的话并不多。

有没有一种邂逅，会在分别时难分难舍？当我和她说分别的时候，我崩溃了，我倒下了，很久我都没有醒来，梦里大概有她的话语。尽管她是雪魔，是一个能折磨人的雪魔，可是我可以忍受，我甘愿忍受她冷漠的表情，她的寒冷，哪怕她就是雪中之魔！

我躺在雪地里，正如几千年前躺在雪地里的她一样。雪掩盖了我，几千年前雪也掩盖了她。几千年前她被冻死了，所以她的灵魂就在雪里，她从雪里吸收寒气的精华，便由此成魔了。我的意识快要完全失去了，包括做梦的意识，心跳等，如果她不救我，我只有等死。

她心有不舍，虽然当初没有人救她，但她不能让我也被冻死，她可以让自己成为寒冷的雪魔，却不愿让她自己那颗心灵没有了意识、没有了感情，原来在她的灵魂深处一直保留着那盏在心灵燃烧的灯。

为了救我，她必须把心灵的灯打开，让她的温暖驱散我的寒冷。她还必须把几千年吸收的寒气散尽，直到她的温暖胜过寒冷，为了救我，她竟放弃做雪魔了，哪怕又回到最初的一个灵魂她也无所谓，她将在我身边像雪一样飞舞，我醒来时就会不认识她，也发现不了她。

因为她，我得救了，我首先恢复的是心跳，然后是做梦的意识，在我的心跳动的时候她对我说的话只有我的心才记得住，在梦中她对我说的话，我醒来只能回忆到一丁点儿，可是我在雪里睡了很久，所以梦会非常长，她对我说了很多话，可我的记忆有限，只能归纳出她对我的一片好，于是长久的梦成了断续的残片。

我不想那么快醒，因为当我醒来的时候，她的样子就会由雪魔变成飞舞的雪花，她会像雪团一样变成飞舞的雪花，她的灵魂在雪里。我无法留住她雪魔的样子，她已经元气大伤，她渐渐散去身上的寒气，那些曾经的记忆在她的灵魂里划过。

她把她的温暖带给了我，我冰冻的心恢复了知觉，目睹这一切的小精灵曾经对我说：“她流泪了，她的泪一落下就成了飞舞的雪花，她忍受着散去寒气的痛苦，忍受着心灯燃烧的煎熬，还有她最后破灭成雪花的不舍。”

我止不住泪，想要追随雪花而去，可是我绝望了，我实在不清楚她是哪一朵雪花，每朵雪花都是那样美丽，每朵雪花都像她一样白，像她一样寒冷。我知道我再也梦不到她了。

呐喊没有用，哭泣只会徒增伤悲。我曾经回忆那些梦里她说的话，但是随着时间的流逝梦变得朦胧了，到最后，我甚至连梦的断续残片都渐渐忘却了。我只记得我醒来时雪变小了，我身边的雪花化成了雪水，我心里已没有寒冷，反而有小小的温暖在触动。

后来我默默地走了，在我转过身依依不舍留恋这场梦的时候，我身后的一切也变得清晰起来，看着来时的路，我知道我回来了。

屏风舞影

不知道是什么把我绊倒了，天上没有月亮和星星。我感觉自己像走在一条没有尽头的路上，路上没有光亮，没有风景，可是这条路又是那样悠长。

这条路只有我一个人在走，有人会认为那样也太寂寞了，而我只想知道走到最后会看到什么结果。

走着走着，我突然发现一所房子，那是什么样的一座房子呢？我也很难描述，我隐约觉得房子围成了一个圆圈，房子里面想必是空的。类似圆圈的房子像鸟笼一样，房子的门和墙显得暗黑，至于房子到底属于什么风格，我无从知道，我认为房子像是全部用木料做的，散发着说不出的温暖和魅力。

还没有靠近房子时，若仅仅只是注视房子上面的屋檐，房子又有些像古亭。那座房子不大不小，占地直径大概有两百米，房子周围也没有什么花草点缀。在暗黑的门墙边，有一个像水桶般大的磨盘，磨盘里面好像装满了水，磨盘里面飞泻出如清辉的碎影。

没等我靠近磨盘，它就自己动了。我靠近房子一点，磨盘就远离房子一点，可是就算是这样，我也没法儿抓住磨盘，它与我始终有一段距离。我只好走近房子，房子看着古朴又典雅。正当我打算触摸房子时，却被一种奇怪的魔力震到了几丈开外。

我慢慢地支起身子，想看看是怎么回事，那个磨盘在我的左边，依旧飞泻出如清辉的碎影，只是光亮更大了。磨盘距离我和房子差不多一样远，而房子则开始很慢地匀速转动。

一座暗黑如鸟笼的房子，一个磨盘。这些想告诉我的到底是怎样的事呢？

看着磨盘里面摇荡的光越来越大，我猜想定是有什么事情要发生了，我时而注视着那个磨盘，时而又注视着那个转动的屋子。忽然我听见细微的声音传来，那声音如泣如诉又哀婉绵长。那声音像是某种乐器发出的，但既不是笛声，又不是琴声，也不是箫声。

那该是什么乐器发出的声音啊！它的声音带着点儿哀伤，可是听着却不会让我感到孤单和凄清，反而让我情不自禁地想一直听下去，暗黑房子的一边渐渐变得明朗。

明朗的一面如同透明的一张黄纸，我睁大眼睛细看，那个类似黄纸的门墙似乎又像一张屏风。难不成那个房子是一张张屏风拼做成的？可是谁又这么奢侈和富有呢？我实在想不出有谁会用屏风做房子，除了月宫里面的嫦娥有那么浩大的屏风，人间肯定找不出这么大的。

说也奇怪，突然屏风里面出现一个人影在跳舞。从跳舞的身影来看，倒像个翩跹起舞的美丽仙女，我仔细观察，发现这个房子奇怪得很，房子转动起来，类似屏风的一面亮了，在屏风里还有舞姿闪过。

跳舞的人舞姿优美曼妙，我通过那一块块依次亮起的屏风，欣赏到各种优美的动作。有时是她的一个手势，有时是她跃起的一个步伐。

我看不清她的面容，但是请相信我，那是我看过最美的舞蹈，那舞蹈时快时慢，舞蹈的人跟着乐声跳动，非常的和谐。

曲终舞止之时，跳舞的她飞近我身边，我感觉我的一只手被她牵着。忽然我像踏上了一阵清风，远离了那座屋子，我和她一起翱翔在广阔的天空，那感觉是多么自由啊，我飞过了千万里，像摆脱掉万千束缚，想怎么样就怎么样。

也不知是什么原因，她最终又带我回到了那个屋子。那个类似磨盘的东西又出现在我眼前，我看见磨盘里面转动着一束金黄色的光，我低头望着磨盘又觉得它像指南针。她的手放在了磨盘上，她要我也将一只手放在磨盘上，我照做了。

手放在磨盘上的那一刻，我觉得有一股强大的吸力要将我整个人都吸进去，我拼命挣脱，没来由地害怕那股吸力，我转身望见她娇美的面孔，发现她的眼角泛着泪，她似乎在说，我就知道你不会和我在一起的。

我摆脱掉了吸力，重重地摔在了地上。那座房子和磨盘都不见了，她也不见了。我醒来时，发现自己拥抱着大地，我的泪水顺着眼角流下来，我怀念的是什么呢？美好的幻想破灭了，而今看来，那多像一个梦啊。

白发女人

在一个冷清的荒村，有一所破败的木屋，许多蔓草生长于土墙之上，屋宅边没有一棵多余的果树，唯一值得诧异的，是屋宅边有一个不大不小的荷花池。

那座荷花池是什么样的呢？荷花池里面长满了荷叶，田田的荷叶显得非常拥挤，有时，葳蕤的荷叶下，还隐藏着一朵含苞待放的荷花，然而奇怪的是，在那个荷花池里，不长稗草，不长青苔，也没有鱼，却长出了几株荆棘。

荆棘明明喜欢长在山丘啊，为什么会长在荷花池？那荆棘和荷花一样茂盛，与荷叶相互拥抱，它们谁也没有伤害到谁。荆棘奇迹地长在水里！

一个过路的穷书生，偶然间看到荷花池的景象时，不禁被迷住了，他甚至忘记了自己是要进京赶考的，忘记了家乡的老母。

他丢下了身上的包袱，想好好睡一觉。

那个穷书生叫愁君，他刚刚睡下，便被一种强大的魔力迷住了。

魔力来自荷花池，但不知是来自荆棘还是荷花。愁君才刚睡下，荷花池里便涌动出一束魔光，魔光色彩绚烂，直冲天际。荷花池里泛起了青烟，青烟在周围旋转，逐渐形成了一个小魔球。

微小的魔球越来越大，直到最后和圆圆的荷叶一样大，魔球酝酿了一会儿，那魔光又变淡了，它没有裂开，却在倏忽之间化作了一个人。

那个人有长长的白头发，轻盈高挑的身材，和一双青蓝色的眼睛，她穿着青色的纱衣。不知是好人还是坏人，她迅速钻进了愁君的梦里。

梦里的愁君很不幸，愁君梦见进京赶考，却在暮色来临之时，遇到了大雨。他一路泥泞跋涉，才偶然遇到一座有亭台的驿站，但是驿站里已经没有人居住了。

愁君又冷又饿，他听着那哗哗的雨声，心里别样的凄凉和愁苦，他觉得自己仿佛被抛在了一座荒岛，他甚至想他应该待在温暖的家里，不要再去博取什么虚名。

就在他陷入幻想时，一股强烈的光划过，他被吓了一跳。他看见了那个白发女人，女人飘浮在高空，凝视着他，他感觉自己像突然遇到了仙女似的。

他问道："你是谁，为何能轻易飘浮在空中，你有一双翅膀吗？"

那个女人笑了笑，说道："你也会有一双翅膀的，你想像我一样飞吗？不过，我想，你可能不愿意放弃……"

"不愿意放弃什么？"

"不愿意放弃你拥有的一切，比如你的肉身、你的书籍和举人梦。"

愁君听了，确实感到为难，他所做的一切，就是希望能扬名立万，希望能出人头地啊，他也很害怕死亡，可是说到底，他拥有的这一切又是多么普通呢？

他思忖了一会儿，回想到他自身辛酸的经历，问道："你可以不剥夺我这一切吗？让我有一双会飞的翅膀吧，我真讨厌待在这个寂寞的地方。"

那个白发女人眼睛里闪出一道灵光，她冷漠地说道："不行，如果你不同意，那么你就死在这儿好了，谁也不会救你，你死后只会和这儿的一棵小草一样默默无闻，不过只要你愿意交换，我就可以让你有尊严地活着，你又何必眷恋凡间？"

愁君想到了佛家的所谓涅槃，想到了佛家说的一切都是浮云，一切都不过是过眼云烟。他又想到了道家所谓的超脱，道家说要乘物以游心，要逍遥。所谓的逍遥，就是不能刻意，要自然，要顺应，要接受社会现实。

或许是他更钟情儒家的大道吧，积极入世的思想又占据了他的灵魂，他觉得自己既然来到了这个世界，便不能白白来一遭，哪怕他自己画上的并不是一个圆满的句号，哪怕他最终并没有实现自己的抱负和价值，也要积极去尝试。

白发女人似乎看出了愁君的心思，她怒道："机会只有一次，如果你实在不愿意放弃，那我就要走了，我实在不该来拯救你这个可怜人！"

愁君听了他的话，听着那令人烦躁的雨声，无奈地说道："你莫走，也带我离开这儿吧。"

"我就当你接受我的要求了，好吧，你的灵魂要飞升了，你将享受到无穷的自由。"

那个白发女人不知给了他什么力量，愁君忽然发现自己背上长了一双翅膀，他轻轻一扇动翅膀，便能飞起来。

或许是还比较生疏，他在扇动翅膀时，总觉得自己一直在下坠，虽然他和地面一直保持着一定的距离。那个白发女人飞了过来，说道："你就放开地飞吧，勇敢一点，那些摔落悬崖粉身碎骨的鸟儿都是胆怯的鸟儿。"

于是愁君大胆地扇动翅膀，他感觉身子下面似乎有一团云气在推他向上，他离地面越来越远，大地的一切也由清晰变得模糊。

愁君习惯了飞翔，便厌倦了行走。

有一天，白发女人对他说："我要你去做一件事，如果你不能做到，那么我只有砍掉送你的这双翅膀，到时你就去死吧！"

愁君意识到了危险，白发女人在心里想什么，他是真的猜不透。他说道："只要是我能做到的。"

白发女人呵呵一笑，在天空如闪电般飞了几圈，又停在了愁君的身旁，才说道："没有你做不到的，只有你愿不愿意去做。"

“是什么棘手的事吗？”

“既然我比你法力高强，那我要你做的事，对我来说便很简单。记住，今日太阳落山之前，去切断一个村的水脉。”

白发女人用魔力将他送到了那个村子，当愁君进了那个村子，强烈的震颤和惊讶充斥了他的心，那个所谓的村子，竟然是他自己的故乡。

他想到了自己的母亲，可是自己现在这个模样，如何去见母亲？愁君站在一道破门外踟蹰了许久，走之前，留下了唯一的水脉。

回到白发女人的身边，愁君说：“我没有完成你吩咐的事，你动手吧。”

白发女人充满恨意地说：“我没有想到你这么不成器！既然你一味顾念恩情，那我问你，如果你哪天因此违背了天理，那么谁会去救你？”

“如果没有情，那我宁愿死。”

“情没有了理也是枉然，所以情理为何要掺杂在一起？”

在白发女人冠冕堂皇的情理之说面前，愁君竟无言以对！

……

“我要你去摧毁一个村子的房屋。”

愁君讽刺地说道：“是要我摧毁我家乡的房屋吗？如果是这样，你就别想了，你还是给我来个痛快，我不想再受你的蛊惑。”

“你自以为很聪明啊，本来我没打算要你那样做的，但既然你都这么说了，我偏要你去摧毁你家乡的房屋。我劝你认真考虑一下，我没有要你杀他们，只不过是让你剥夺一部分他们的身外之物，你都不能做到？”

“你得寸进尺，你是不是下一次就要让我去杀人了？”

“你要这么想就这么想吧，不过，你最好不要诱导我也这么想。”

“你这个杀人狂魔！”

……

白发女人一旦发起怒来，更大的祸害就会到来，所以愁君最终还是摧毁了家乡村子的房屋，可是谁也不清楚这件事是他所为，许多人都认为是天灾。

有一天，白发女人不知什么原因，竟然疯狂地在天空打转，看上去，她很难受、很痛苦，她全身的光芒像星光一样散射开来。可就算是这样，她还是忍住痛，对愁君说：“我要你去做一件事，去杀一个山洞里的魔怪，他是我的儿子！”

愁君发现白发女人竟然如此狠毒，她连自己的亲人都要杀！愁君又转念一想，这个白发女人多么可恶啊，带给我那么深的痛苦，我杀了她的儿子岂不更好？而且这个要求是她自己说的。如果不按照她的命令去做，说不定还会遭到白发女人的惩罚。

愁君进了那个山洞，发现洞里确实住着一个和白发女人一样散发着魔光的人，当他准备挥下那把砍头斧子时，他后悔了！因为那个魔怪的头上写着四个字：我是希望！

愁君回到白发女人身边时，却发现那个白发女人死了，她的头顶原来写着四个字：我是谬误！

等到愁君后悔地在那个孤独的世界哭泣时，他竟醒来了，愁君发现荷花池的荆棘不见了，他睁开现实的眼睛，认真看了看，那几株荆棘也许只在过去存在过，如今与他没有一丝一毫的利害关系。

眼中世

夜幕降临，灯明人稀，河水静静地流淌着，一片烟岚之中，依稀可见远处的山丘。浅浅的香气，是花树散发的精魄，一座房屋临近河流，原来是一家酒吧正播放着《眉间雪》，我情不自禁地走到店里，找一个角落坐下。

从帷帐内，走出一个二十多岁的女子，身材匀称，脸蛋秀气圆润。她走过来问我："先生，你是要唱歌，还是喝酒？"

"你们这个店有几分冷清啊。"

"今天不是节假日，人是有点儿少。"

我打量了一下屋子，屋内摆放了几个小木桌，古色古香，在一个不显奢华的屋子里，竟也透出一些温暖。然后我说道："今晚我想喝酒，可惜没人一起，哎，走了。"

"你等等！"她说完这话，又笑着说，"我不是人吗？刚才我正在吃饭，听到你的脚步声才出来。你吃饭了吧？"

"这么晚了，肯定吃了！"

"你要喝酒，我陪你！"

本来我想拒绝的，但最终还是坐下来，随便点了一些酒，对她说道："你出来吃饭吧。"

她笑着去拿自己的饭菜，我忽然有一种神奇的感觉，说不清为什么在这个陌生的小城，遇到这个开店的女子。等她坐到我的桌前，我给她讲了个故事：“几年前，我遇到一个师姐在开店，我就住在她的店铺旁边，每次我都会点同样的几个菜，后来再过去，我都还没点菜，她就已经说出了我要吃什么，大多数时候都说得对，当然偶尔也有说得不对的时候，但我每次都会顺着她说的来点菜。”

故事讲完，她就对我笑着说道：“你说，我像你那个师姐吗？”

我也笑着说：“准确地说，我遇见了两个师姐在开店，一个爱说话，一个不爱说话。”

“那，我像你哪个师姐呢？”

“当然是爱说话的师姐啊，不爱说话的师姐，就默默地给我端菜。”

她摇了摇头，给我倒上了酒，我就与她对饮。谈起从前师姐对我如何的好，不仅买新鲜的水果给我，下雨天撑伞送我，还带我去摘栀子花……

等我醉眼蒙眬，才发现事情坏了，我好像坠入了一个圈套，我强力打起精神，忽然看到了她的眼睛，然后就像进入了一个桃花源的世界，我陷进去了。

……

青草蔓延的山谷之中，一个垂垂欲死的男子，满身血污，终于还是倒下来，旁边一只狐狸正盯着他，似在等他死去。他用微弱的声音向狐狸说着话，意思似乎是：“小狐狸，吃了我吧，你是那么可爱啊，我将我这肉体和灵魂奉献于你。”

狐狸慢慢地靠近他的身体，他用尽最后一点力气轻轻地抚摸了一下狐狸，而狐狸竟然感到一种快乐，不由得笑开了嘴巴和眼睛。

可是接下来的一幕，真的太奇怪了，狐狸围着这个男子不停地转，还发出一丝丝叫声，在这个男子的尸体上窜来窜去，狐狸不仅没有吃掉他，还一直守在旁边，白天转转，晚上转转，但总在男子的几里内，累了就躺在他旁边休息。

直到肉体与灵魂都变成了物质，与春天的泥土化为一色，狐狸也瘦成了一个骨架。但那只瘦狐狸，却突然长出了几只漂亮的尾巴，它的身边落下一场金色的叶子雨，于是它整个身子变成了一个白色美丽的狐狸，它纵身跳了过来，直冲向我的眼睛，似要吞噬了我。

……

我被吓出了一身冷汗，灵魂也从那个开店的女子眼中跳了出来，她用美丽的眼睛瞪着我，说："我喝不了多少，醉了。"

我说："你，真像一只狐狸啊！"

"哈哈，你说我是狐狸精吗？"

她的眼睛瞪着我，美丽的大眼睛，清澈的气质，优美的脸蛋，散发着静默的温柔，似水中出落的莲花，令人赏心悦目。虽说我也曾见过无数倾国倾城的容颜，可在目睹她的娇容时竟不受控制。

意识到自己的失态，我赶紧道歉道："老板娘，你年轻漂亮，不好意思……"

她笑了一阵，然后告诉我说没什么。我有些不好意思，走出她的酒吧，刚到门口便扑来一阵寒意，黑暗之中，几处房屋里的灯光，便勾勒出烟水人家的美妙。

欣赏了一阵子夜色，我禁不住寒意，又回到了酒吧，她趴在桌子边，看我走近时，抬起头来看我，那双眼睛便像狐狸般地盯着我。

"我是狐狸，哈哈哈……"

……

九岭龙女

夕阳西下，九岭山的牛羊归栏了，黄褐色的高原，在日光的照耀下显得格外光滑，细直的草木十分苍劲。弯曲的峡谷下，错落分布着一些乡村人家，奔腾的河流，澄碧的山泉。因为是冬日，有时还能看见山脚下一簇簇还没有化开的白雪。

我坐上一辆破车，准备到山上观看日落，很不巧，刚进入山巅天气突变，乌云漫散开来，气温也骤降，冷风迎面扑来，如果不是衣服穿得厚，一刻钟也待不住。于是便只有下车去看雪。当我刚下车走入雪景，忽然发现随行人员都不见了，一转身就天昏地暗。

……

睁开眼睛，感觉身边的一切都特别新奇，我想挣扎着起身，但全身的酸痛让我只能作罢。迎面走来一位女子，她高大的形象，似青空中下凡而来的仙女。虽然黑影之中看不清样子，却让人莫名生出一种可以信任的亲切感。她过来摸了摸我的额头，说：“好了，真好！”

我问：“这是哪里呢？”

她先扶我起身，然后才说：“你呀，真是命大，还好遇到了我，我们这儿是九岭。”

九岭？我想起自己在九岭看雪，回想起那个天昏地暗的瞬间，像突然有一块巨石把我击倒。这时我才仔细看到了她的模样，二十来岁的姑娘，眼中带笑，嘴角微微翘起，细腻的脸庞，状如玉兰花，发饰间垂下的流苏，将她的美点缀围绕起来。

我继续问她发生了什么事，她说我掉进了一个雪坑，昏迷不醒，她在采药时发现了我，并把我带回家照顾。想到这份恩情，我感激地说道："谢谢姑娘救命之恩，给你添麻烦了。"

这时有一个小孩子闯了进来，问："姐姐，客人醒啦？"

"是呢，嘿嘿！"她心中充满了喜悦，还逗了一下进来的孩子，看到那一幕，我也不由得放松了下来，说道："姑娘，我饿了！"

她扑哧一笑，说道："马上给你准备饭菜。对了，你能下床了吧？"

我笑着说道："嗯，现在好多了！"

走出灰暗的房间，外面是墨色的天空，虽然看不到太阳，但柔和发白的世界，令人特别欣喜。远方的山岭贫瘠，巍峨绵延。她把一张桌子摆好，我们三人一起吃着她做的饭菜。一个邻居妇人经过，笑道："柔儿，带了一个男朋友回家啊？"

"才不是！"她涨红了脸，吃饭也变得羞涩起来。她弟弟对妇人说道："大姨，他不是我姐夫，是我姐姐从山上捡回来的男人。"

那个妇人走了十几步又回过头来，笑得更开了，说道："你姐姐命真好，我在山上几十年都捡不到，就你姐姐遇见了。"

柔儿这时已有几分焦灼和担心，她对那妇人说道："大姨，他是我救的客人，你别对乡亲乱说呀！"

妇人也许听清了，也许没听到。看到妇人远去了，我又问道："你们家，就你和你弟弟？"

好像是提了她的痛处，她只是点点头，没有回答我的话，一个人进屋去了。看到她的弟弟也有些失落，我便问道："弟弟，可以告诉我吗？"

从她弟弟口中，我才得知，她家里原本还有一个爷爷，但在不久前去世了。她的弟弟向我说起这一切时，两眼已经挂满了泪珠，我替他擦了擦眼泪。

第二天，柔儿对我说：“今天，我要上山采药，你和弟弟就在家里吧。”

我说：“我已经恢复得差不多了，可以带我一起去采药吗？我想出去走走。”

她仔细地打量了我一下，说道：“好吧，那就一起吧，我们今天不走远，你也慢一点。”

于是我跟着她一起上山采药，在丛林中，偶尔有一些花朵绽放，地上还有硕大的青蘑菇，看着十分诱人，还有一些兔子、斑鸠、小鹿，被人惊扰后就四处逃跑了。我问：“今天，我们要采什么药材？”

“我们要采的是地蚕草，它的叶子有绿色和红色两种，宽度如手指一般大小，四面撑开，边缘有锯齿。”

说到这里，她忽然若有所思，然后跑了起来，她跑到远方一块石岩边，把一株药材挖了出来，我走近时，她掐掉一片叶子给我，说：“你看，这就是地蚕草的叶子。”

就在这时，我忽然感觉脚下有一个柔滑的东西划过，她惊了一声：“你别动！”

当她手中抽出一条大花蛇时，我几乎被吓晕了过去，不由得感叹柔儿不是一般的女子，她太厉害了。

第三天，没什么事，我们三个一起去山上当“采花大盗”。

在山上，有时会碰到一些可以吃的果子，柔儿会摘给我吃，有的果子有些酸涩，看到我皱眉的样子，她就在一旁笑话我，我说：“你们这山上处处是宝啊，竟然有那么多好东西。”柔儿也得意道：“那当然，我们九岭，可是出了名的仙山，这里有奇花异草，飞禽走兽，还有妖……”

“还有妖魔鬼怪，对吧？”我哈哈大笑，见她有些不自然，便继续追问道，“怎么啦，我说错了？”

她转而笑了，说道：“你猜对了，还有妖魔鬼怪，你快跑，我要变妖魔鬼怪啦！”

这一整天我们都在山间嬉戏玩耍，累了便躺在一块石头上看天空，看白云一阵阵飘过，她躺在我身边，一股清香扑鼻而来，她的秀发垂在石头上，让人忍不住想替她拾起来，我伸手去抓她的头发，她似乎有所察觉，起身道：“你干什么？”

我也起身，与她四目相对，笑着说道：“你这头发掉在石头上，我想替你收好。”

她涨红了脸，赶紧转移了话题，呼喊道：“弟弟，你在哪里？姐姐要走啦。”

没多会儿，远方贪玩的孩子现身，还捉了一只兔子在手里，头发凌乱带着些杂草，有些狼狈，我和柔儿都忍俊不禁。

第四天，我将要离开她了，竟然有些不舍。她神色凝重，然后告诉我说：“公子，尽管我们舍不得你走，但真的没法挽留你。”

我笑着说：“我还想再住几天。”

“不行！”她和她弟弟同时答道。我也觉得，再住下去有些不妥，说道：“我对这里还不是很熟悉，你们把我带去我曾经跌落的位置吧，到了那里，我应该就知道路了。”

“好的，公子！”听到柔儿颤巍巍的声音，我心里很不是滋味，说道：“美好总是短暂的。”

当我和她走到一条铺满白雪的路上时，一口枯井映入眼帘，柔儿眼中含泪，对我说道：“公子，对不起，我欺骗了你！”

我替她抹去了眼角的泪水，抓住她的双手问：“这几天我觉得很愉快，我们畅心交谈，你有什么事情欺骗我呢？”

这时她抽出双手，说道：“公子，你往后退几步，我告诉你真相。”

我慢慢往后退，她的明眸和脸庞充满了忧郁和伤心，像一场大雨笼罩了她，忽然她双手张开一跃而上，金光闪耀，化作一条飞腾的青龙，我被吓得退后掉落进了枯井。

……

突然被惊醒，我发现医生正在查看输液瓶，她对我说道："终于醒了。"我忙问医生道："医生，我怎么了？"

"这几天你不要乱走动。"

"嗯，好。"我点了点头，看到旁边一个病人正在床上跳舞，我回忆起梦中的情形，不由得流下了泪水。

第三辑　神界

雪汐传

凡雪神所过之处，千里凝霜，万里飘雪。在帝城之旁有一个华泽山，经年积雪不化，白雪堆峰，万木琼林，鹅毛大雪纷扬，皎洁之光洞天，此为雪神居住的地方，于那雪峰危崖之间，开凿有九嶷宫，四方房屋层层叠叠、鳞次栉比，依傍着山势，每到夜晚千灯云集，像形成了一个佛光环绕的金环，周遭可容纳十万小妖居住。

帝城的人们，都尊奉华泽山为神山，因为它控制着帝城的气候，送来了人们生活急需的雪水，每年农历六月十一，在华泽山脚下，都会举行盛大的雪祀节，此节日已有数千年之久。

天德元年，雪祀节到来，帝城的人们纷纷走出来，带上祭祀的雪香、雪果、雪馕等，登上华泽山，在雪神庙举行盛大的祭祀仪式，山间行人如蚁群汇聚，黑白一片摩肩接踵，中间有一女孩，名为十七，五官端正，身材修美，眼含星光，洁白无瑕，不似芸芸女子，仙气扑面而来，也是随家人一起来祭拜雪神。

“维农历六月十一，主祭人巫抵代表帝城国民，沐手拈香，恭备雪礼，祈告雪神佑我子民……”在数万民众的瞩目下，大祭司宣读完祭文，民众欢呼雀跃。

“十七，叔父和婶婶今天带你去个好地方！”

“好呀，我感觉这里好多人，一点儿也不好玩。”十七沮丧地说道。

十七跟着叔父和婶婶一行人，走过曲折的雪道，渐渐地远离了人群，前方左边的一条蜿蜒雪路上，竟然没有行人。原来，那条路通往华泽山的禁地，而那禁地就算是帝城国王，都不能进入。

怎么不见那些守备？原来一个时辰之前，一束刀剑寒光穿过，守卫华泽山的几大高手竟然全部殒命，谁也想不到，那个被十七亲切地称呼为叔父的家人，是个卖主求荣的叛贼，名为项壩，就是因为他的反叛，十七因此家破人亡，改名换姓。

越往里走，山间玉树琼枝，千木优美，到处是楼阁亭台，玉路萦回，十七被美景所吸引，殊不知危险即将到来，在一危峰间，叔父项壩撕开了慈祥的面具，严肃道：“十七，今天，就是我们了结恩怨的时候！”

婶婶也厉声道：“十七，你这妖女，早就该死了！”

十七被叔父和婶婶的突然变脸吓得脸色惨白，心中难以置信，这如自己亲爹亲娘的家人，怎么会突然说出如此离奇怪诞的话。

“这也不能怪你，怪只怪你投错了胎，不该生为前朝的余孽。”婶婶阴笑道。

十七惊问：“叔父婶婶，你们在胡说什么？莫不是中邪了？”

项壩动了动手中的剑，然后叹道：“十八年前，你刚刚出生，华泽峰便金光闪耀，普照万里，国王——也就是你的父王，封你为雪汐公主，但是边境相继沦陷，我作为帝城守卫，杀了你的父亲，迎接他们到来！”

“那你为什么不将我一起杀了？！”十七幽怨的双眼含着泪水，她现在才明白，曾经那么敬重的叔父婶婶，带她看花灯、闹元宵、逛庙会，给她买好吃的、好喝的，竟然是杀死她爹娘的凶手。

婶婶冷笑道：“其实早就想除掉你，只是因为你身上还藏着一个秘密，然而现在的国王已经开始怀疑我们了，为了以绝后患，不得不对你动手。”

“什么秘密？”

十七的婶婶和叔父项孀眼神对视了一瞬后，纷纷拔出宝剑，刺进了十七的身体，然后用掌力将十七打入了悬崖之下。

雪纷纷扬扬落下，很快盖住了十七的身体，宝剑被十七体内强大的灵光销蚀了，她的鲜血凝固了，此时，一束更强大的灵光冲击下来，原来是雪神察觉到此雪谷中有异象，翩然飘飞下来。

雪神弯下身子，拨开厚厚的积雪，竟是一位女子，她头发堆雪，已经虚弱得不成样子。

“你醒醒……”

他发现女子身受重伤，怎么喊都喊不醒，只有一脉微弱的气息尚存，于是用灵气为她做了简单的疗伤，并将她抱进了自己的九嶷宫，宫门前，悬挂着一个牌匾，名曰“庭寒蟾雪”，为雪神南柯子亲笔手书，字迹苍劲，笔走龙蛇。

当他为女子把脉问诊时，不经意间，发现了她手腕上的一朵小小的向日葵花印，雪神南柯子突然感觉如五雷轰顶，身体麻木，陷入了沉思。

千年前，南柯子在茫茫雪地里玩乐、奔跑，最终由狐妖修炼成人形，他深居雪林修炼数千年，深觉雪国岁月的不值得，始终向往山下人间的滋味，于是脱离狐群，走向了人间。

“你在这雪林中转了不下数十圈，怎么不回家？”南柯子讥讽道。

那女子一转身，瞬间惊艳了南柯子，他觉得世间怎么会有这么美丽的女子，肤白貌美，身材修长，随意一个动作都是那么优美。

“终于见着一个活人了，我迷路了。”女子生气答道，她名为流君，是十七的前前前世，或者更远。

“这么大个人，还迷路，嘻嘻。”南柯子继续笑道。

“这里外雪林都一样，就是神仙都走不出去！”

南柯子调戏道：“叫我一声好哥哥，我带你出去。”

“呸，我叫你臭蛋。”

南柯子头一甩，讥讽道：“不叫那就算了，我走了。”此时女子急了，慌忙喊住他："哎，你别走，我……叫就叫嘛。"

听到女子服软叫了一声好哥哥，他才心满意足地说道："来吧。"在雪林中，两个人走了很久，留下了两串悠长的脚印。

出了雪林，山下依稀可见一间间房屋，有客栈、驿站、酒坊，她看着身旁这位高大又冷峻的男子，过了好久才说道："咱们去客栈喝点酒吧，暖暖身子。"

"好，听你的！"

流君与南柯子进了客栈，点了酒菜，两个人无休止地饮了许多酒，他们喝酒划拳做游戏，一直玩到深夜，他高兴到甚至在流君的手腕上画了一朵独属于他狐族符号的向日葵花印，可是当他意识到酒菜被人下毒时，妖力已经再也撑不住了，倏忽之间便化作了一只狐狸，而流君亦因中毒昏死了过去。

山下的人们，向来厌恶狐狸，他们视狐狸为妖孽，不仅猎杀狐狸，还吃狐狸的肉，当他们听闻客栈有狐狸出没，就不约而同地来到这里，运用"九张机"布下天罗地网，誓要擒住那只狐狸。

黑夜沉沉，那些听闻有狐狸出没的人们，有的开始架起了油锅，有的在街上布置了陷阱，有的拿出多年未曾用的弓箭严阵以待，他们都抱定一个目的：杀了狐狸吃肉。

可是南柯子毕竟是有着几千年修为的狐妖，在历经"九张机"的猎杀后虽鲜血淋漓，仍然得以不死，逃向了自己的狐窝，可是他逃亡留下的血迹，却为狐族带来了灭顶之灾。

人们顺着血迹，找到了狐族栖息的地方，他们封住了洞口，放火烧山灭狐，狐族乱作一团，各自慌乱逃命，南柯子再次开始了逃亡之路。

在一个大雪纷飞的晚上，南柯子终于找到了自己残存的族群，可是残存的狐群严阵以待，已不再信任他，狐群误解了他，要向他兴师问罪。他在狐友的帮助下，开启了逃亡之路，没想到就因为护送那个女子下山，却引来了狐族灭顶之灾。

而流君醒来后，听人讲述说南柯子贪图她的美色和钱财，动了杀人之心，幸得掌柜搭救才得以不死，她气愤识人不明、遇人不淑，暗骂南柯子的无耻。她在掌柜的关怀照顾下渐渐恢复，最终因感激他的救命之恩而嫁给了掌柜，但她手腕上那朵向日葵花印却怎么也擦不掉。

雪神回过神来，只见眼前的女子，正静静地盯着他，一如当年初见的场景，女子缓缓地说了句："我有些渴。"

他赶紧给她喂水。十多天来，雪神照顾她的饮食，为她倾注灵力疗伤，所以女子的身体恢复得相当快，已经能下床走路了。

"你叫什么名字？"

"我叫十……雪汐。"

"你的父母呢？"

"他们早就死了……"

触到了雪汐的伤心事，雪神不敢再多问，便带着她在华泽山诸峰各处闲逛，体验雪国的美景，感受冰雪世界的奇幻，他知道雪汐是个凡人，眷恋人间烟火，便命令九嶷城的各个妖魔鬼怪，都必须化成人的样子，形成人间的集市。

于是雪神带着雪汐逛九嶷城，雪汐简直不敢相信，眼前的九嶷城，到处都是集市，往来商旅络绎不绝，吆喝叫卖声此起彼伏，一如她曾经所在的帝城，只是房屋建筑格局有些不同罢了。

她穿梭在九嶷城，时而看看包子店，时而看看胭脂摊，时而逛逛美酒坊，时而走进陶瓷铺，她欣喜地买了肉串递给雪神，说道："你也尝尝。"

他们在九嶷城逛了整整一天，直到有些疲倦了，他们才到一处圆形酒楼，开始吃饭饮酒，不经意间，房屋天井间升起一个戏台，戏子们开始演奏各种节目，其中便有一曲《雪狐歌》，许多客人沉迷听曲唱戏，喝彩声将活动推向了高潮。

雪汐有些醉了，她凄伤地感叹道："这雪狐也是有些可怜啊。"当雪神想要听她再说些什么时，不想她竟沉入了梦乡。

在梦中，雪汐梦见自己作为公主，在父母的陪伴下一同游山玩水，但是却突然被企图截杀的叔父婶婶半路拦住了马车，吓得她从惊恐的噩梦中醒来，一睁眼只见雪神，正痴痴地在一边等她醒来。

“我要复仇！”雪汐带着愤恨的眼神，泪水充盈了眼眶。雪神却叹息道：“冤冤相报何时了，算了吧。”

“绝不，我要让坏人受到应有的惩罚！”

雪神摇了摇头，然后幻化成一只狐狸，说道：“我就是那只曾被人追杀的狐狸。”

凭借那朵向日葵花印，曾经的回忆不断飘入雪汐的脑海中，雪汐逐渐回忆起了当初作为“流君”的身世记忆，她明白过来后，泪流不止，哭道：“对不起，南柯子，我对不起你。”

雪神再次幻化成人，走近雪汐，怜悯道：“雪汐，别难过了，我等你等得好苦，一千年过去了，你才来到我身边。我们世世代代做个雪神吧！”

雪汐欣喜地扑入雪神的怀抱，只见雪神灵力一挥，雪汐瞬间有了灵力护体，也变成了一个雪神。而雪神南柯子擅闯命禄司，私自修改雪汐今世的命格，让雪汐提前一百年来到自己的身边，还不知道要受到怎样的惩罚，但两个人在华泽山的爱情回忆，将永生不灭。

雨　神

她为什么要入我梦？我和她有什么关系呢？我甚至不知道自己到底是谁，但我知道她确实是我喜欢的人，为什么要这么说呢，这要从一个很久远的梦说起。

我在一个简陋的棚屋之下，正在惬意地散步，突然一场大雨到来，每一滴雨水，足有小碗那么大，我的棚屋几乎要被淋坏了，也不知道为什么，我的棚屋周围，雨滴比其他地方都要密集，还有一阵悲鸣充斥在棚屋周围。

我屋子周围的人都被吓走了，只剩下我，我似乎明白了什么，但是那个呼风唤雨的神女并没有出现，直到那场雨停，一个老头儿才来到我的身边，拍拍我的肩膀让我坐下，然后给我讲了那个久远的故事。

我们坐在棚屋旁边，老头儿叹息了一会儿，然后流着泪对我说道："哎！你不知道这场雨的来历吗？是因为你啊，只是你现在，已经不是以前的那个你了，但那个雨神却不肯将你忘记，所以她也不管你投了多少次胎，也不管你到底在凡间哪处地方，她都要来看你，说是看你，却又不是，她只是在你的房屋顶上，降一场雨而已。"

我问道："老爷爷，你能告诉我，我到底是谁吗？我和她之间有什么样的故事呢？她为什么要这么做呢？"

老爷爷显得很神秘，他并没有告诉我，我的真实身份是什么，只是对我说道："如果你要知道你和她之间的故事，我倒可以告诉你，其实这些故事，在你的梦里都有过征兆，或许是因为事情过去太久了，所以你的记忆越来越淡，最终淡到你根本不记得有过那些梦。"

我很想知道我和她之间的故事，所以急切地问道："老爷爷，你快些将那些故事告诉我吧，我真的不想活得这么不明不白，她这样时不时地给我降那么惊人的一场雨，虽不会让我害怕，可是一听到充斥在半空中的悲鸣，我的心也不由得悲哀起来。"

老爷爷轻轻地抚摸着他的胡须，对我笑了笑，然后才说道："这么说来，你还是能体会到她的痛苦啊，说到痛苦，人世间最痛苦的一件事，莫过于情字，用情过深的人，如果不懂得放下或者舍弃，那么即使那份情曾经是最开心的美酒，也会转瞬变成致命的毒药。"

"情字？我不懂，情由心生，人世间的情若是用好了，也是很美好的一件事啊，老爷爷，我听到的那阵悲鸣，就是她心里的情引发的吗？每次我听到那阵悲鸣，就像遇到了人生中最痛苦的事，我不反感那种悲鸣，心里却不由得产生了同情，我觉得，发出悲鸣的那个神女，是多么可怜啊，我真的不知道她为什么那么悲伤？其实，人世间还有许多的快乐啊，她要是不开心，想想开心的事就好了，何必要让自己那么……那么痛苦！"

"世间的凡人，总是看不透许多事，天上的神仙，更看不透许多事。年轻人，那个神女是为你而悲伤啊，你能为她做什么呢？她本是天上的雨神，在许多个前世之前，她出生在雨神世家，他们家族就她一个女儿，雨神的重担，自然落在了她的身上。而你，却比她的责任还要重很多。

"那一天，忽然凡间的吞水兽也不知道学了哪门子法术，一下子从三流水魔兽修炼成了一等一的水魔兽，那个吞水兽有多厉害呢，我这么跟你说吧，它吞一口水，就能将西江之水吞噬殆尽，不到半天工夫，它就将大河的水吞干净了，致使凡间遍地干涸，作为负责降雨的神女，她看到人间有了灾难，不惜违背天帝的旨意，公然向人间降下了雨水，可是吞水兽却从中作梗，只要她降下一处水，吞水兽就会吸得干干净净，雨神见此情形，便带上她的所有法宝，开始下界与吞水兽作战。”

“吞水兽那么厉害，雨神恐怕不是她的对手啊！”我说道。

老爷爷看了我一眼，说道：“你说的没错，她确实不是吞水兽的对手，这个吞水兽，没出几招就将雨神捉住了，也许是雨神长得太漂亮了，吞水兽竟要和雨神举行婚礼，还让天帝赐婚于它。天帝肯定不会答应，而且因为雨神私自普降甘霖，所以天帝并没有派兵营救她，而你，作为天上一个特殊的神仙，不受天帝管辖，所以便下凡去营救她了。”

我着急地问道：“那结果如何，我救了她吗？”

“其实，能不能得救对她来说都不重要了，当雨神看到普天之上，只有你一人去救她时，她的心里便对你充满了感激，看到你来了，她的眼泪就如同山河崩塌一样，形成了很大的一场洪水。”

“看来，我没能救得了她。”我似乎猜到了结果，然后很丧气地低下了头。

“不能这么说，因为你死之前，把所有的能量都给了她，所以她的身体周围才会形成一个天上地下众神魔都不能靠近的能量圈。”

我不相信地反问道：“真有你说的那么夸张？我到底是什么人物啊？”

“要知道你可是千万年来绝无仅有的……”老爷爷很快又收住了嘴，他闭上了眼睛，然后念道，“罪过，罪过！无上的神啊，请原谅我，我的责任重大，我绝对不能泄露天机，天眼已经打开，人世间是罪恶还是美好在此一举……”

我知道老爷爷是不会告诉我我的真实身份了，于是问道：“老爷爷，我想问问，吞水兽最后如何？”

一阵急促的风吹来了，老爷爷的白发在风中更显凌乱，他说道：“虽然吞水兽捉住了雨神，却奈何不了她，因为有巨大的能量圈保护，雨神最终脱离了吞水兽的魔爪，那个吞水兽也很是奇怪，也许它自认输给了你，最后就愤怒地死去了，它死后释放了它曾吞没的所有的水，因而人间暴发了一场洪水，后来就有了大禹治水的传说。”

我叹息道：“这么说来，我在她心中，也不过是一个恩人的角色啊，事情都过去那么久了，为什么她还要那么痛苦呢？”

“有了这第一次的纠缠，就有了第二次的纠缠，后来的不知多少生生世世，你和她之间，就是爱情的演绎了。”

“爱情？这到底是谁安排的？这不合理啊。”

“不合理的事多着呢，你和她本该有许多爱情劫难，这是天上地下任何仙魔都无法阻止的，而这种爱情，只归于凄美和传奇。我能告诉你的就这么多了，这雨和这悲鸣，都是因为她始终放不下啊。”

我叹息悲恸了一阵子，说道：“这么说来，换作是我，我也放不下啊，雨神的这种表现，是对爱情的信仰和痴迷，是对爱情的伟大证明，那一场大雨，还有那阵悲鸣，我彻底懂了，只可惜我是个凡人，我和她根本不在同一个世界里，那我和她此生是什么关系呢？这样残酷的现实，只是让我独自悲伤罢了。”

风很快停住了，老爷爷却不见了，我躺在苍穹之下，做着久远的梦，每当大雨来临的时候，我就在心里叹息道：“是她来了。她是我的雨神啊！”

星月亭的传说

一

整个大地已经下了很久的雨，所有山川的沟壑几乎都要被雨水填满了，洪水淹没了许多村子，卷走了树木和牲畜，幸好天地间存在一个叫灵纯的奇人及时运用通天遁地之术将人类安排在了无数的星月亭。

星月亭分散在一座座山峰上，至于星月亭的建造者已经被人遗忘了，星月亭天生具有推波护体的作用，所以即使星月亭被洪水十面包围，洪水仍然进不去，星月亭俨然是一座海底城。已经有一部分星月亭被洪水淹没了，洪水向淹没的星月亭冲击、挤压，一浪高过一浪，身处星月亭的人们根本不敢睁开眼睛看那洪水咆哮肆虐的一切，灵纯也告诉人们要闭上眼睛。

星月亭并不是金刚不坏之身，如果七七四十九天之内星星和月亮不出现，那么星月亭将会因为得不到灵气而自行灰飞烟灭，现在星星和月亮已经有四十天没有出现了。有个叫黑极的魔兽统治了无底的深渊，无底的深渊里困着各种各样修行不一的魔兽，大多数的深渊就藏在山峰下，黑极一旦毁掉一座山峰，那么深渊里的各种魔兽就可以任意在人间屠杀一切生物，它们凶残无比，有了血液的滋养还可以进化，所以人类已经到了岌岌可危的地步。

星星和月亮不敢出来，当初造物主在制造星星和月亮的时候便给他们安排了毁灭的魔咒，而那毁灭的魔咒偏偏被黑极掌握了，只要星星和月亮不现身，那么魔咒即使被黑极用魔力开启也不会发挥作用，而且如果启动魔咒的过程失误，黑极也会因此丧身，黑极和星月都不敢冒险。

黑极用魔力呼风唤雨，用吐出的黑烟包围了整个天空，他还毁掉了天穹之巅的五彩石，天穹残破不堪，大雨根本止不住。黑极又卷动大海的水来毁灭大地上的村子和庄稼，整个大地洪水横流，黑极显然是要毁灭一切。虽然灵纯神力通天，但是要与黑极战斗无异于以卵击石，因此灵纯也只好躲在星月亭里，用通天体心之术寻找那个万分之一的希望，寻找那个救世真人。

时间已经到了星月该升起的时候了，人类命运的危险已经到了最后的倒数第八天。

在倒数的第八天，有些星月亭的灵力明显减弱了，似乎黑极将要推倒那些星月亭了，灵纯感到极度无奈，他只好用神力将那些身处险境的人转移到另一座星月亭，人们的呼吸生存空间变得小了一点，最低处的那几座星月亭灵纯已无力拯救，当务之急是要找到能救世的那个人，因为只有那个人纯洁的心和灵魂才能唤醒大地之力，也只有那个人能毁灭掉那个叫黑极的魔兽。

然而灵纯并没有发现那个人，他每天寻找的机会有且仅有一次，并且还会浪费很多的灵力，洪水越升越高，夜也越来越漫长，其实那算不得夜了，因为天空被黑极控制住了，人们听见的是回荡在耳畔滚滚的雷声和哗哗的雨声，人们所能瞧见的只是星月亭的空间，身处星月亭的人们充满了悲观、绝望、失落、迷惘和恐惧，没有一刻安静、和平、包容、欢乐和睡眠。

随着一声震天的巨响，灵纯知道有一座星月亭被摧毁了，其实一座星月亭的摧毁，就意味着有一座山峰裂开，困在山峰下无底深渊里的魔兽就能逃脱出来了。原来修建星月亭的人是用天地的灵光来压制魔兽，但是道高一尺魔高一丈，最终还是有邪恶一时战胜光明的时候，那些大大小小的魔兽已经被它们的主人黑极解救出来。

从深渊逃出来的魔兽们有的飞翔在天空里，有的行走在洪水中，有的去摧毁星月亭，黑极高傲地吐出更浓更毒的黑烟，黑极庞大到能一脚跨过两座距离很遥远的巨大山峰，黑极的利爪能瞬间开出一条河流，人们根本无法看清黑极的样子，只能听见黑极的狂笑声，如同春雷，如同山崩地裂。灵纯虽能隐约看到黑极的样子，但是黑极神出鬼没，灵纯有时候觉得黑极像老虎、黑熊，有时候觉得黑极像壁虎、鳄鱼，灵纯也拿不准黑极到底是个什么魔兽。

天空更加乌烟瘴气，魔兽们追逐着大地上存在的一切有血有肉的生物，它们穷凶极恶，对猎物誓不罢休。黑极只能在没有星月的时间通过修炼提高魔力，星月的灵光和黑极的魔法是两种不相容的力量，要是黑极没有掌握星月毁灭的魔咒，星月就不会躲藏着了。

唯一值得欣慰的是星月亭被毁灭后，那流散的灵光不会被黑极摧毁或吞噬，因为那流散的灵光是星月的魂光，那魂光是永恒的，那魂光能改变生物的本性，魂光多数被其他星月亭吸收了，魔兽不能也不屑于吸收魂光，它们要的就是让黑暗笼罩整个世界。

看着又一座星月亭被毁，看着那无数的魔兽争先恐后从深渊里钻出来，大地哀鸿遍野，最后陷入一片魔兽狰狞狂傲的世界，灵纯流下了眼泪，他恨自己，不该在不恰当的时候去寻找那个救世的人。

灵纯经过一夜的计算得知，黑极已毁掉星月亭五座，有魔兽群体十万。黎明的时间到了，人间暂时安全。

白天的黑极是无法推倒星月亭的，这应该是星月亭的命数吧，但是黑极却依然能对大地任意蹂躏和践踏，黑极打起了心理战术，黑极要人们看到大地的创伤，要让人们屈服和哭泣。

天开始变得明朗，大地却是洪水滔天，大地上到处充满了断木、死尸和碎石，星月亭里的人们流下了眼泪，人们时常看到邪恶的魔兽在大地上横行，邪恶的黑极分派魔兽管理各个已被他完全控制了的地方，但是人们没有看到黑极，灵纯也没有看到他。

二

时间已经到了星月该升起的时候了，人类命运的危险已经到了最后的倒数第七天。

在第七天的夜里，黑极开始和灵纯对话。人类有水，因为星月亭里有灵泉，但是食物却很匮乏，人类将要面临饥饿的困境。

黑极骄傲地说："灵纯，我知道你是大地上很优秀的神灵，但是识时务者为俊杰，为了尽快结束这场没有意义的争斗，赶快投降吧。"

灵纯笑了笑，坚定地回绝道："我本是大地中的赤子，怎能向邪恶的你投降，我永远也不会向你屈服，即使我死了也会有灵光把我安葬。"

但是在人类阵营中意见却开始出现分化，有的人认为与其被饿死或杀死，还不如投降的好，星月亭的人类发生了暴乱，幸好灵纯及时制止了争斗，不然人们将自取灭亡。在人群中有个大约二十岁的漂亮姑娘，她看着刚才人类的一切争斗，不由得心里黯然神伤，在一个稍微安静的时刻，情不自禁地唱起歌来，动听的歌声打动了每个人的心。

灵纯走过去，看着美丽的姑娘，问她道："你究竟是天上的仙女，还是人间的公主，你的歌声怎么这样动听，你的歌声怎么这样婉转，你的歌声怎么这样荡气回肠？"

那姑娘泛着羞涩的笑，一双眼睛似乎比星月还明亮，她回答道："我不是天上的仙女，也不是人间的公主，我只是最普通不过的姑娘，但是我看到人类争斗就觉得十分心痛，我唱这首歌只是想表达内心的忧伤。"

星月亭里的人们听了姑娘的话都低下头变得沉默了，灵纯用自信的眼睛瞧着姑娘，姑娘安慰灵纯道："我看到了你的坚贞，也看到了希望。"

灵纯也仿佛获得了信念，他对姑娘说道："在黑夜里，你可不可以唱一夜的歌来安抚人们，你可不可以制止住今夜人们的争斗，因为我不能放弃所有的夜晚，每一个夜晚都可能找到那个救世的人，我不能放弃。"

姑娘依照灵纯的吩咐唱了一夜的歌，尽管黑极制造了大量的恐惧来吓人们，尽管黑极推倒了更多的星月亭，尽管人们的空间越来越小，尽管人们越来越饥饿，尽管魔兽更多了，但是在歌声的安抚下，人们终归是安详地度过了一晚，只是灵纯依然没有找到那个救世的人。

灵纯经过一夜的计算得知，黑极已毁掉星月亭八座，有魔兽群体二十万。黎明的时间到了，人间暂时安全。

狡猾的黑极心有不甘，他始终没有瞧见星月出现，他正思考着用另一个法子让人们屈服。大地变化的无非是两个地方，一个是魔兽统治的地方，一个是有星月亭的地方，魔兽统治的地方到处是庄稼，到处是平坦肥沃的土地，而有星月亭的地方一片狼藉，一片洪水汪洋。

住在星月亭的人们开始怀疑灵纯，他们有的认为是灵纯让他们过得苦不堪言，他们认为投降魔兽没有什么不好，只要能幸福地生活，他们不在乎是谁在左右他们的命运，他们不愿意再这样受苦了。

这一切都被一个人的出现安定下来，说话的是一位老人，他一直相信灵纯，他一一解答了人们的疑问，灵纯委托下一个晚上由他负责安慰人们的心灵。

三

时间已经到了星月该升起的时候了，人类命运的危险已经到了最后的倒数第六天。

原来黑极向人抛出了诱惑。那天晚上老人给人们讲故事，里面涉及美女、财富、地位、欲望、贪婪和享乐，老人讲故事娓娓动听，并且警示人们不要上当，老人的话恰到好处地稳住了人们浮躁的心。

尽管人们变得更饥饿，但是大家都认为外面的东西不过是诱饵。黑极在黑夜里的威逼利诱没有起到什么作用，而灵纯则施展灵力寻找救世的人，可是很不幸，虽然他用了很多的灵力，还是没有找到那个救世的人，外面的世界则变得更加混乱了。

不受约束的魔兽改变着世界，他们摧毁美好的事物，屠杀躲藏在角落里的生物，他们不仅嗜血，而且还残酷地折磨那些生物，有的魔兽还开始进化了，这意味着人们对付它们将要付出更大的代价。

黑极也千方百计提高自己的魔力，他开始大胆地寻找星月，他甚至不惜抱着和星月同归于尽的打算，黑极变得更加没有理性，变得更加狂躁，变得更加肆无忌惮。

即使灵纯按照天际预示执行着使命，但是随着这一次又一次的凶险和失望，他也变得忧愁，宇宙魔图里不是说魔兽只是一时的猖狂吗？上古神书中为何不把事情交代清楚，灵纯消耗的灵力随着时间可以恢复，但是他真担心自己现在做的都是徒劳。

那位老人给大家讲了一夜的故事，人仿佛都变苍老了许多，灵纯走过去安慰他道：“老伯伯，感谢你替我解了围，不然我真的不知道如何安慰大家。”

老头儿摸着胡须，说道：“其实我并没有做什么，我只不过是把已有的事实告诉大家而已，真正让人们归入正道的，是他们的理性思考，是他们正直的灵魂。”

灵纯觉得老头儿非比寻常，问老头儿道：“老人家，你是天上的启明星，还是人间的首领，为何你说的话能给人光明和方向？”

老头儿生气地说道：“我不是什么启明星，也不是什么人间的首领，我只是一个清醒的老头儿，只要大家能冷静思考，不用我说也不会乱的。”

灵纯经过一夜的计算得知，黑极已毁掉星月亭十二座，有魔兽群体三十万。黎明的时间到了，人间暂时安全。

黑极认为前两次是过于低估人们了，所以他不再让白天有光明，他又开始吐黑烟，将白天也变成了黑夜，他开始卷起海水对付星月亭。

人们失去了光明，住在更狭窄的星月亭，星月亭里的灵泉快要干涸了，人们变得更加饥饿，似乎再也无法忍受了。

星月亭的人们开始有了自己的打算，有的人认为必须牺牲掉一些人作为他们生存的食物，有的人则寻找逃出星月亭的通道，有的人还试图勾结外面的魔兽以毁掉星月亭从而苟且偷生，只有很少的一部分人依然信任灵纯。

星月亭的每个地方都被人们涉足过了，星月亭的空间越来越狭窄。这一切带给人们的始终是绝望和无助，人们埋怨着度过了这一个白天。

四

时间已经到了星月该升起的时候了，人类命运的危险已经到了最后的倒数第五天。

晚上饥饿的人们生活在狭小的星月亭，就连呼吸的空气都变得不新鲜。外面下着瓢泼大雨，大雨似乎要填满山川，而随着大雨而来的烟雾使得外面的世界看着更加诡异，幸好星月亭的人们看不大清楚，要不然人们可能会因看见外面魔兽的邪恶面目而吓得晕死过去。

已经有许多星月亭被大水淹没了，灵纯不得不一次次运用法咒转移人们。因为大雨，那些星月亭所在的山体发生了山体滑坡，许多石头和红泥随着水流向山脚下滑去，因为星月亭的根基是和地根连接在一起的，所以星月亭灵光笼罩的地方不会发生变化。

一个更加迫切的问题又来了，人们现在不光饥饿，就连生存空间似乎都不够了，所以灵纯做好了最坏的打算，他还一直没有放弃寻找救世的那个人，在某个星月亭里，灵纯发动了灵力又开始寻找那个人。

灵纯什么也感知不到了，所以他不得不动用神器——八方时光镜，通过镜子，灵纯没有看到什么人，倒是照见了一个清澈的五彩湖，五彩湖周围开着各种颜色的花儿，有白色的，有黄色的，还有红色的。

花儿始终飘向湖心，到快要落到水面时结成一个圆形，花儿流动的构图像一个无底的旋涡，灵纯朝那个湖心飞去，在还没有意识过来时，他已经被吸进去了，他只感觉到自己在快速地下坠，即使他用神力也无济于事。

当灵纯醒来时，看见周围是一片花朵铺成的大地，天空中的花朵像雨一样落下来，五颜六色的花朵仿佛闪着耀眼的灵光，这让灵纯的眼睛很不舒服，他起身望了望周围，无边的旷野让他根本望不到边。

这到底是怎么回事？灵纯在心里问，他真害怕自己被抛弃在了这个充满花的世界，所以他运用灵力想弄清楚这到底是什么地方，然而这个地方根本没有被记载下来，他只好朝更远处走去，天空是那么清，那么亮。

走了很久，灵纯才看见一座金碧辉煌的宫殿，那座宫殿有几百米高的柱子，柱子的直径大概都有三四米，柱子呈白色，柱子上雕刻着龙和蛇，大殿有三道门，整个大殿外表气派庄严，灵纯决定进去。

进门一看，赫然出现在眼前的是大殿里供奉着的一位神女的金身，灵纯毫不犹豫地向神女跪了下来，带着浅笑的神女是那么美丽。

灵纯向神女诉求道："求神女赐我灵力，让我拯救那些无辜的百姓……"

神女的声音飘荡开来，里面有几句让灵纯很迷惑的话：境中境，花中花，魔亦难除劫无尽，不取前因待韶华。

灵纯想要更多地了解他的使命时，神女的声音消失了，大殿里霎时间变得寂静冷清。灵纯只好在大殿里四处走动，他想更多地寻找一些线索，当他走到一面镜子面前时，没想到竟然看到了外面的世界，透过镜子，他能很清楚地看到星月亭里的人们。

有时候他透过镜子能模糊地看到黑极的行动，黑极在想着各种法子毁掉星月亭，星月亭又被毁掉了两座，有几千人被黑极俘虏了，虽然大多数人和星月亭还在，但是灵纯还是很担忧。

星月亭里的白天很快到来了，灵纯发现原来不过是镜子转换了一下角度，灵纯想到这里愈加害怕，他猜想那面镜子难不成就是乾坤镜？传说乾坤镜是上古时期的一件神器，有了它，就可以看清楚大地上的一切，无论黑暗与白天都躲不过乾坤镜的视界，简直就是苍天的眼睛。

人们的脸变得苍白，原来灵纯走后，星月亭里的场面就失去了控制，人们因为生存发生斗争，一些青壮年打倒了一些老年人，而那些青年为了能有秩序地生活，开始推举各自的统帅首领，结果弄得一座星月亭里有许多首领，那些首领意见达不到一致时便依靠武力解决问题。

一时间各座星月亭里大大小小的争斗闹得血雨腥风，灵纯看着这一切却无能为力，他流下了泪水，星月亭里的人们没有了安宁，星月亭陷入了打打杀杀的混乱。乾坤镜转动了一下，灵纯知道很快黑夜又将到来，而在乾坤镜旁还记录了星月亭的最后灵光补给期限和灵光指数，灵纯惊出了一身冷汗。

五

时间已经到了星月该升起的时候了，人类命运的危险已经到了最后的倒数第四天。

星月亭里的人们将面临灾难，那灾难可能远远超出人们的想象。黑极的魔力被无限地提升，即使他现在受着乾坤镜的反映，但是总有一天黑极能预算到未来，当黑极能推移部分时空时，他将会挣脱乾坤镜，而星月亭却不能阻挡其分毫，由此看来，黑极想要统治一切并不是妄想。

黑极勤于修炼，他的魔力已经到了第四十层暗夜之重，魔力指数达到了一万多个点，而就算星月亭的最后一道堡垒，也就是那位歌唱女孩所在的星月亭，其抵抗力也只到四十九重，魔力抵抗指数也仅为两万。

不是特别具有天赋的魔兽，如果想凭借单个的魔力推倒星月亭，无异于天方夜谭，而且随着魔力的层次越高，如果没有无穷无尽的魔气、魔精和魔魂来补充，想要往上更进一步就更加艰难。

像黑极那样出众的魔兽大约千年才出一个，像黑极那样的魔兽都还需要十多年的修炼才能推倒星月亭。不到最后一刻，月亮和星星都不敢冒险。因为如果月亮和星星过早被黑极摧毁，那么星月亭连翻身的机会都没有了，那个建造星月亭的人为什么要将它们的命运拴在一起呢?

黑极继续在外面咆哮，灵纯看到星月亭里的人们被吓得张皇失措，更让人担忧的是，星月亭里某个人得了瘟疫，那瘟疫很快散播开来，有的人不曾察觉，有的人只是略微感觉到不适，灵纯发现乾坤镜旁写有瘟疫的厉害之处，原来人类本身就有无数的瘟疫症状，只是一直隐藏在身体中，必须积累到一定的毒元子和元气才能暴发。

灵纯推算着，要是将瘟疫毒元子平均分散藏在人的身体里又将如何？但是他往下看，又发现不行，因为那毒元子一点都不稳定，生命力很强，且随时变化着，这就好比是细胞分裂，随着时间和分裂次数的增加，毒元子只会越来越多。

瘟疫毒元子的致命点在于它寄宿在活人躯体中，并且它只在活人中传染，仿佛是毒元子和人的生命同存同生，难道是为了控制人类特意安排的吗？难道要灭掉毒元子，最现实的办法只能是杀掉那些染上瘟疫的感染者。

灵纯心里又犯了难，看着越来越多的人染上了瘟疫，越来越多的人因为瘟疫死去，他不知道该怎么做，根据乾坤镜的记载，他只需要念动追魂曲，再凭借乾坤镜传送咒语到星月亭里，他便可以利用此追魂曲杀人，包括杀死心思极坏的首领，但是偏偏那些首领没有染上瘟疫。

多耽搁一刻时间，就意味着更多的人将染上瘟疫，灵纯坐在大厅一个太极阴阳图里，施动灵力念着追魂曲，他的眼泪顺着脸颊流下来落在了太极阴阳图里，万物负阴而抱阳，即使眼泪属于阴性，同样可以化在阳面上。

而黑极无论属阴属阳，只要他肯皈依，那么在太极世界同样有他的归属，但是要让一个失去理智的魔兽投降，便需要一个修为极度高深的神仙来度化他，但没有谁敢冒险度化黑极，也许黑极的归属最终只能是毁灭。

追魂曲通过乾坤镜传入了星月亭，许多的人离奇地死去，有的人觉得是老天故意惩罚人类，有的人认为是报应，有的人认为是黑极搞的鬼，只有很少的人认为是灵纯所为，他们认为灵纯这样做是报复或是心肠恶毒。

“所有的痛苦和罪孽全都由我一个人承担吧。”灵纯跪倒在神女塑像面前，他感觉自己似乎被抽空了一切，是那么的无助和疲倦，他倒在了地上，很安然地睡去了。神女突然现身，对着陷入沉睡的灵纯担忧地看了看，神女穿着一身白色的衣服，年轻而貌美，犹如二十岁的女子，气质超凡脱俗，她蹲下身托起灵纯的手腕测了测，很欣慰地笑了，然后优雅地起身又渐渐地消失不见了。

乾坤镜又转动了，可是在转动时却发出了哀鸣般的哭声。

灵纯在白昼醒来，他测算了一下星月亭，发现只剩下九座，而魔兽的数量估计应该有一百万了。他想起自己忘记了要去寻找那个救世的人，但是看到星月亭一切都在正常的控制下，他感到些许欣慰，他走出了宫殿，外面的花瓣已经堆积有几尺厚，他不明白花瓣到底是做什么用的。在外面，灵纯捡起几片来看，竟然发现花瓣上都有一个漂亮的莲花画像，灵纯陷入了更悠远的深思，也许一切都注定了，未来时间会告诉你一切。灵纯在外面待了很久，直到他预算到大约是黑极围攻星月亭的时候了才回到大殿。

六

时间已经到了星月该升起的时候了，人类命运的危险已经到了最后的倒数第三天。

原来乾坤镜那声哀鸣是有缘由的，那声哀鸣是乾坤镜撞到转动轨道上发出的，虽然那只是乾坤镜小小的一个变化，但对人间来说却是翻天覆地的变化，人间失去了秩序。

乾坤镜的轨道没有按照它的本来规律运行，时空已经错乱。因为时空发生错乱，生活在星月亭的人们，有的起死回生了，有的提前死亡了，有的返老还童，有的一夜变老，有的人过着反复的生活，有的人过着跳跃的生活，有的由美变丑，有的由丑变美，有的变成了傻子，有的变成了智者。

世界上的一切都被打乱了，流水有时从低向高流，植物倒着头向地下长，小虾统治了大鱼。所有的伦理被打乱，所有的秩序被破坏，所有的自然规律被改变，所有的语言和法则变得不再合理，所有的动物已经到了异化的地步！世界上多了地震，多了疾病，多了危险，多了诡异，多了疯狂，多了变迁，多了邪恶，多了淫秽，多了丑恶，多了病态。

世界上许多事物都朝着相反的方向发展，要想改变这一切，除非灵纯按照乾坤镜旁记载的那样修复乾坤镜，灵纯知道，没有什么事物是永恒的，包括那个掌握天地时空的乾坤镜。

然而要修复乾坤镜是多么困难，而且一旦修复不当，那将会让世界的时空更加混乱，处于困境的灵纯陷入了极度痛苦，为了人类，他必须冒着危险去做，他的那种大义凛然，那种牺牲自我的精神是难以用言语说清的。

按照乾坤镜旁的叙述，只有灵纯运用符咒将自己化为一股灵力去与乾坤轴和谐运行才有可能纠正时空，但是时间越久，灵纯就越有可能被乾坤轴化掉，而且灵纯只有准确预测出轴的运行时间，才能艰难地从乾坤轴的空隙逃开，不然他便会被乾坤轴卡死。

机会渺茫到万分之一都要尝试，这是灵纯心里坚信的，因为他不忍心看着人们过着那样痛苦无常的日子。灵纯念起符咒，渐渐地幻化成一道刺眼的光，灵纯义无反顾地飞向那个正在转动的乾坤轴。

那乾坤轴的强大推力仿佛在挤压着他，他觉得自己似乎要死了，那种痛比燃烧着他的躯体还要难受，终于，他的灵力一点点被乾坤轴接收，渐渐地他仿佛能控制乾坤轴了，可是他分明感到灵力在损耗，精神也越来越疲惫。

乾坤轴开始步入正道，灵纯感觉到一阵震荡，他拼命地抓住轴才不至于被落下压死，那一刻多么惊险！他感觉到乾坤轴自然转动带来的愉悦。

谁也没有告诉灵纯到底如何才能看到外面的希望，谁也没有告诉灵纯应该是哪条路和时间，谁也没有告诉灵纯到底在哪里抓住机会，灵纯依靠的仅仅是他自己，只有他自己才能走出那个深渊，只有靠他自己做决定。

灵纯明显在某个地方感觉到了不同，那一刻好像是黎明的曙光，又好像是黄昏的晚霞，那一刻真的很美很美，那一刻感动了他的心，他想，即便他死在那一刻也值了，他无怨无悔地选择了那一刻出轴，灵纯离开了乾坤轴。

灵纯很幸运，老天很眷顾他，也许上天是公平的，上天是有情的，上天让他活了下来。当灵纯脱离开乾坤镜，一束微弱的灵光又闪现在大殿中，那灵光落地便化作了人。

灵纯再次陷入了昏迷，人间的秩序恢复了，人们讴歌上天，乾坤轴将世界转入了白昼，而星月亭又被黑极毁掉了四座，收获颇丰的黑极更加猖狂，他现在什么都不放在眼里了。

七

时间已经到了星月该升起的时候了，人类命运的危险已经到了最后的倒数第二天。

黑夜到来的那一刻，原来是大道破灭的那一刻，每年总会有那么一天，在那一天，人们失去了真理、智慧、共同语言、互助、光明和平等，人类拥有的一切文明几乎都失去了，星月亭陷入了极度的黑暗，人类所拥有的一切外物瞬间消失了。

每个人都成了在星月亭里摸索的可怜虫，人与人之间不能通言语、不能看见、不能依靠，所有物质都消失了，人类变得无助，人类变得野蛮和狂躁，文明已经彻底失去，人类身上只有无限的野性和愚昧。

星月亭里充斥着动物法则，身处黑暗的人们相互拥挤，相互捶打，已经没有什么能阻挡人类对生命的渴望了！每个人都残忍、自私，每个人都过着毫无管束的生活，绝对的自由，但也没有保障。每个人都是孤独的，每个人都是特别的，人类已经失去了他们所共有的联系。

虽然灵纯很想帮助人类，但是乾坤镜旁的预示却说：那样的人类不可救！

难道就眼睁睁看着他们这样下去吗？灵纯也陷入了无助，他不明白为什么人类会这样，原本的人类是多么智慧，但是一切都完了，最终杀死人类的不是外部的危险，反而是他们自己。

一意孤行的灵纯不惜用灵力通过乾坤镜传入真理、光明和智慧，但是根本不管用，人类的理智已经彻底失去，根本无法再明白这些真理、光明和智慧，只能可怜地在周遭摸索着一条未知的路。

无数双手伸向了无尽的黑暗，无数双手似乎在渴望着什么，人类在用他拥有的一切本能去求得存活，人类最害怕死亡，最害怕那些靠近他们的不知是好是坏的手，人类的敏感度达到了极致，像老鼠一样到处窥探那假想的危险和敌人。

从来没有什么时候能像那般绝望了，最简单的生存都没有保障。为了生存，任何能维持人生命的手段都不能放弃。

在那一刻，人类彻底绝望，但是人类又对生命如此渴求，那些将死的人悲号、哀叫和流泪，说着人类不能理解的语言，心里充满了后悔、懊恼和悲伤，那些将死的人带着痴心妄想，似乎在说："帮帮我吧，我来人间还有许多的事没有做好，我来人间还有许多话没有说完，我来人间做了许多的错事，我来人间还没有画上一个完整的句号，请不要让我这么可怜悲哀地死去！"

人类将死的那一刻，他们竟然是那么地悲哀，那么地眷恋。也许人在死的那一刻什么都不要留更好，因为如果那样，活着的人反而能自由思考，真正的愿望是不需要强加在人们身上的，也许真正能实现的愿望最初都只是个人的希望罢了，那希望像温柔的雨不受阻挡地轻易滴进了人的心田，那希望带着对未来美好的渴求和劝诫。

乾坤镜依然正常地运转，它不带任何一点感情。人类进入了白天，灵纯像个受伤的孩子忍受着那一切带给他的煎熬。黑极又毁掉了四座星月亭，人类只剩下最后一个堡垒了，外面的世界完全成了魔兽的世界，除了唯一的星月亭。

时间过得很快，那大殿外面的花瓣完全完成了蜕变，突然拥有了仙力，她们多姿多彩、光芒四射，似乎把世界上的一切美丽和梦幻都包括了，她们像不受污染的流泉，又像那高山上的白雪。她们无疑是世界上最不可忽视的风景，让世界从此变得绚丽旖旎。

八

时间已经到了星月该升起的时候了，人类命运的危险已经到了最后一天！

如果找不到救世主，一切都完了。灵纯在大殿里看了写在乾坤镜旁的最后一条秘密，那个秘密大概意思是说，世界上根本就没有救世主！如果真要相信有救世主的话，那便是你自己。

灵纯终于明白了，原来那一切不过是在考验他而已，之所以有的人活得好而有的人活得坏，原因就在此吧，只有那些经历过极度苦难和折磨的人才有机会干成大事，不劳而获只是一个渺茫的概率。

要靠就靠自己，那些处于极度绝望的人不必悲伤，你首先是要肯定自己，这种肯定有时不需要在别人面前说，这种肯定要给你心里带来自信的火焰，让你无论处于怎样的困境都不会放弃对生命的渴求！

在黑暗中摸索的人们，不要悲伤，不要犹豫，勇敢地走下去吧，所有的苦难都会过去，能永远依靠的只有你自己，你应该学会与自己的心灵对话，找一个理想，找一个追求吧。

灵纯勇敢地面对那个乾坤镜，他清楚最后一场大战势在必行，估计月亮和星星也藏在某个地方准备随时现身，而同样黑极也清楚那是一场生死之战，所有的魔兽绷紧了神经，所有的人类都意识到了危险。

黑极用强大的摧毁之力推动着星月亭，无数的魔兽对着那最后的堡垒发疯似的进攻，星月亭周围发出春雷般的声音，看样子星月亭摇摇欲坠，灵纯心里却格外地冷静。

星月亭已经倾斜，如同一棵将要倒的树，但是即使歪了仍然具有强大的生命力，就在这时候，外面那些带有莲花印记的花瓣儿飞进了大殿，而且轻易地进入了乾坤镜，那乾坤镜旁闪耀着一股强光，陆陆续续地进入了人类的时空。

随着最后一朵花儿飞进乾坤镜，灵纯也飞了进去。那个世界，他和无数的花儿将联合消灭魔兽，黑极很高兴看到灵纯出现，因为他找到了自己的对手，双方进入了对峙状态。

“魔兽们，投降吧，不然我灵纯定将你们化为齑粉！”灵纯在人类这边阵营呼喊道。

“事情已经到了这个地步，我黑极一定会统治人间！”黑极的样子像人，但是又不像人，他变化多端，所以他的样子也不过是虚假的表象罢了。

“大魔头，我和你拼了！”灵纯启用了灵力，黑极也启用了魔力，他们先比拼的是力量指数，而那些小魔兽则完全被花儿控制住了，他们开始笑着走向花儿，魔兽和花儿一接触便化为了齑粉。

在巨大的天幕上，出现了一句闪光的银字：“人之性也，善恶混，修其善则为善人，修其恶则为恶人。”

原来，神女在人间修仙时，将凡间积累下的邪念从意念逼出完全锁在星月亭下，她以为凭借日月的照拂之力和大地之力，可以完全消逝掉这些邪念，但没有想到邪念竟然会拥有意识自由组合，最终形成了黑极这样的大魔头，而神女只有利用凭借至真至纯的灵纯，将神女善的意念幻化成花儿与这些邪念化成的魔兽对冲，方能抵消，为此神女也耗损了不少善的意念才形成这漫天的花朵方阵。

黑极看到这一切，便分出一些魔力去劝诫他统治的魔兽。也正因为如此，灵纯才能和黑极势均力敌，黑极许诺道：“魔兽们，不要被眼前的幻象迷惑了，等我们征服了世界，什么都是我们的！”

然而黑极魔兽的呼喊根本不管用，魔兽们走向了花儿，走向了幻灭。

最后星月悄悄趁黑极在与灵纯战斗的时候，向星月亭传入了灵力，直到黑极的胸膛被撕开了一道口子，星月也加入了战斗，最终黑极被杀死，人间除掉了黑极和魔兽，从此黑夜白昼如常，四季分明。

科幻太玄记

公元4488年，我想起了她，思绪追溯到公元前1年的往事，揭开了那段在2023年发生的世界科幻大会的原因，我深知秘密藏不住了。面对眼前这位如花似玉却异常伶俐的美人，我毫无招架之力，已经失去了对日月运行的掌控管理。

在我的指示下，她运用公元4488年所有的科技实力和宇宙知识，借助我这个唯一可以带她穿越的见证者，看似很轻易地便开启了时光倒流的隧道，与我一同踏入到公元前1年，以完全结束她在公元前1年被书写的命运。她想要的，或许比书写者更多。

那位已经迈过50岁的老人，在公元前1年，简单地对她进行了描述：公元4488年，美人22岁，名白露，天生丽质，花容月貌，多才多艺，对宇宙的窥探甚至超越宇宙演化，她可能会借助“2023年世界科幻大会”留下的明显玄洞，穿梭到公元前1年……

虽然已经在时光倒流的隧道中，我仍然劝她道：“白姑娘，你再好好想一想，他是不可战胜的存在，也远远不是公元4488年的你可以超越的，我知道，他对你甚是怜爱和喜欢，但你应该清楚，是谁在书写你……”

她婉转的眼神凝视了我一眼，转而冷漠答道：“我承认走到现在你一直在暗中指点我，甚至不惜背叛他，但是，我已经强大到不需要他给我书写命运了，我们应该穿越回去，把命运掌握在我们自己手中。”

被几千年前那强大的灵力压迫，我感到异常恐惧，慌忙解释道：“白露，我没有背叛他，如果你硬要穿越过去，便随你吧，我已经阻止不了你。”

他教给我的驾驭天地的本领、各种掌控宇宙的绝术，可以让我稳稳当当度过人间几千年，有一些绝术是白露也无法掌握的，可是在他书写白露的命运时，我在与白露的对阵中，竟把许多绝术都不留痕迹地泄露给她了，于是在这样的一个循环之下，他教我的绝术越来越多，我泄露给白露的绝术也越来越多，直到他惊恐地发现白露已经控制了我，或许那时他便领悟到那个女子迟早会走到他的面前。

青出于蓝而胜于蓝！若不是在公元3333年我在与他的那一场惊天挑战中败下阵来，我也不至于沦为替他看守日月的守护者，当年我也曾意识到那种他在案头给我书写命运的不甘和危机，战败后他仍把我看作他最喜爱的弟子，因为他找不到一个比我更好的传承他绝术的人选。

我传音对他禀告道：“老夫子，白露要来了！”

“废物！”他似乎在责备我，这几千年来，他书写了无数人，如今竟然要面对一场可能会将他打落神坛的危机，他利用我幕后操控整个宇宙已经有几千年了，他幻想着，当所有的星宿就位，便可以催动日月的力量，送他进入更高维度的时空。

尽管白露拥有了很强大的力量，改变天星方位也已经如下棋落子，但要面对一位已经左右天盘几千年的老人，我仍然觉得她的胜算不多。如果她没有实力去阻止老人书写她的命运，那么她仍然是那位老人随时可以掌控的傀儡。

当我和白露进入老夫子的杏林，他抬头望了我们一眼，微微一笑，便继续埋头读他的笔记手册去了，而我和白露却已经深陷于万鬼嚎叫的冥城了。

众多鬼怪伫立一侧，凝视着我们，逼仄的杀气扑面而来，他们远不是表面的魑魅魍魉那么简单，每个鬼怪都有技艺傍身，有些已经可以飞升成仙，但是他们却宁愿不成仙，只为追随老夫子，目的是成为更加强大的神仙，或者与老夫子一道，进入更高维度的时空。

突然，一束光席卷而来，伸缩如一条飞龙，一会儿像柔软的一把长矛，一会儿又像一条起伏的巨蛇，眨眼之间就逼近白露，只见白露双手拨开空间，形成一道冲天的光柱，起伏的巨蛇在光柱中回旋追赶着白露，却始终差了一点，直到那起伏的巨蛇似乎已经再无冲破的空间，便突然破碎开来，化为满地的星渣。没想到，白露那么轻易地就破了烛龙的光阵。

第二位布阵的是鳄魅，冥城突然之间像被装进了三千世界，瞬间化为白昼三千公里的汀州，而我和白露此时就处在一个孤零零的渡口，我们坐上小船后，那伫立在两岸的危崖便倾斜过来，仿若排山倒海之势，眼看着我们已无法避免砂石俱下对我们的冲埋，这时，白露拿出手中的一个杯盏，瞬间变大后扣在了我们上方。我感觉头顶有万顷之力的冲击波，那声音震耳欲聋，而我们在杯盏中竟然飘荡自如，她急切地对我说道："这鳄魅的尾巴便是那高山，我需要你的帮助。"

"需要我做什么？"

"你曾为冥帝，现在我需要你开启幽梦阵，催那鳄魅入眠，我用白环遮住它的眼睛，它就会手足无措，陷入你布好的幻阵中昏睡。"

我提醒她道："鳄魅的眼睛会释放星练，你需要尽力避开，一旦被击中将万劫不复。"

没有等我说完，白露已经跳下了水，剩下我兀自忧心。是啊，这个姑娘确实胆识过人，令我钦佩不已。我赶紧使用曾做冥帝时常用的幽梦阵，为这只鳄魅催眠，在我的幻阵之力作用下，鳄魅从最初的凌厉，逐渐变得温顺起来，扑打尾巴的震力也只能微微摇动我们的小船。

不一会儿，随着杯盏的渐渐翻转，鳄魅的身躯在我的头顶，高悬如一排巨大的齿形悬山，白色的飘带缓缓坠落，我伸手接住它，却不见白露出现，心想糟了，我着急地呼喊道："白露，白露……"偌大的河洞间回荡着我的声音。

白露却突然从齿形悬山降落下来，笑道：“你这是在担心我吗？”

我却不以为意，生气道：“该叫鳄魅吃了你，免得给我惹出麻烦来。”

“哼！我让你犟嘴。”她手中引出一股光束化为云海，想要将我困在杯盏中，我轻轻甩了一下手掌，时光锥天针在半空打了个圈直冲而上，轻易就刺破了结界。我飞到白露面前，笑道：“你的法力还是没有多少长进啊。”

白露看我收了法器时光锥天针，便撒娇道：“哥哥，你看我法力还那么差，要不，你把你的法器送我几件？”

“你还有点儿自知之明。”

白露但笑不语。

我割开时空维度，打开宇宙之阙，用手指了指，说道：“你看青冥的天幕上，悬挂有 59049 件法器，我刚刚使用的时光锥天针，便是其中的 1 件。”

白露顿显惊讶，激动问道：“哥哥，这里面哪几件法器最厉害？”

我摇了摇头，笑道：“这里面的法器，每一件都很厉害！”

“到底哪一件最顶级呢？”

看着眼前的白露，傻里傻气又活泼可爱，我解释道：“59049 件法器，无所谓最好和最差，各有用处，比如时光锥天针，它可以刺破一切时光和黑洞的束缚，让你从天之幂境脱离出来。你看到天幕上那个闪亮的星环没？它的形状像个甜甜圈，却是可以收集宇宙星辰的仙灵，当一位神仙毁灭，如果还留下了一缕神识，又有幸被星环收入其中，不出一个时辰，那位神仙就能重铸仙体活过来。”

“啊！死而复生如此简单？！”

“就那么简单。”

白露半信半疑，随手一挥，256 件法器就像认主般，纷纷脱离天幕向她飞来，她高兴地把法器收入囊中，并对我说道：“不好意思咯，不是我贪图你的法器，是它们自己感应到我的灵力飞来的。”

我说道：“太多了，刚才你还说只取几件，这一下子就变成几百件了，不行不行！”

白露做了一个鬼脸，说道：“你别太抠了，那儿有几万件宝贝，我还嫌拿得太少呢。”

没等我关闭宇宙之阙，白露便进入了第三道阵法，这也是进入夫子殿门的最后一道屏障。守卫在此的是曾经不可一世的东帝，东帝又称“太帝”，有能力统御诸天，实力自然不可小觑。他曾在大云泽修炼，一天之内便启发了三十三次领悟，虽然他有浩瀚之灵力，却也甘愿做老夫子的守卫，可想而知，夫子已强大到什么程度。

当我到了白露的身边，入了东帝的法阵，此刻真实与虚无，完全没有了边界，真实的境，实际是虚无的境，虚无的境，又包罗了真实的境，在这循环之中，便是三十三层灵觉。

如果说毁灭可以破虚无的境，但是真实的境又如何破？这两者之间既需要保全又需要牺牲，只要认错了一个境，整个人连同神识，就将完全被毁灭。不过也不是完全没有破解的办法，只是需要我和白露的完全配合，具体来说就是：我和白露需要牺牲一个人才能保全另一个人，保全的那个人留着牺牲的那个人的神识。假如是以牺牲破了真实的境，保全的那个人凭借留的神识，便可以修复牺牲的人的肉身和灵魂，从而判定此为真境，并以实力战胜真境而进入下一个境；假如一个人进入了真境而安然无恙，便可以呼唤虚境的人，赶紧以牺牲破那虚无的境。这既需要我和白露的彼此信任，又需要双方的准确判断以分辨真实和虚无。

经历了破境之艰难，我和白露算是以命相搏过了。当我们在无数的境中深陷时，竟也没有那么笃定和从容，用生命来破境，恍如坠入残忍的梦中。

最后一层境被我们冲破，眼前有大片大片的向日葵园，而东帝身在花中，正观察着每一朵向日葵的长势，只要他觉得向日葵已有几分样子令他满意，便可轻易向其输送能量以使其替换太阳。人类在他的世界里，就像极其微小的纤尘，而太阳也不过是他驱使的工具。

“小露露，没想到你还是来了！”东帝忽然抬起头，看向了我们。

尽管我是夫子的亲传弟子，但面对东帝，仍然得尊敬地拱手问候，在我眼里，他也是夫子一般的存在。

白露感到有几分惊讶，问道：“你是夫子？……您知道我的名字？”

我赶紧向白露介绍道：“白露，这是东帝，是夫子身边的……好友！”

白露面带几分愠色，质问道：“想不到，那老不死的身边还有帮手，东帝，你若识趣，就乖乖地给我缴械投降，与我们一同战胜夫子，万不可助纣为虐。”

要是在平时，东帝若受到如此的挑衅，对方在顷刻间便可能化为齑粉，但是我忽然感觉，这个老头，竟然也对白露有几分喜爱，他有些戏谑道：“好了，老头子我在这里，要杀要剐随你便。”

说着，东帝竟然真的伸出了手，像一个受了委屈的孩子。白露并不惯着东帝，便顺势用光束绑住了东帝的双手，还对东帝进行了搜身，美其名曰：“将作案工具全部充公！”

面对着东帝眼角的泪水，我才想起来，在几千年前，东帝有一位如花似玉的女儿，名曰“小瑶帝”，她冷艳如霜，面对着无数的追求者无动于衷，不与人言是她的特征，有一天我与她相遇在科幻海的巨石阵，她却与我热情地打招呼，那时候，我是夫子最得意的弟子，还没有与夫子发生那场惊天对战，东帝也是最关照我的，往事一幕幕重现在我脑海：

“冥帝哥哥，我觉得你是世界上最好的哥哥！”

“小瑶妹妹，谢谢你。还有对不起，我时常嘲笑你。”

“不，我喜欢你对我的评价，我有时也想撕掉那张冰冷的面具，像你一样，敢爱敢恨。”

“小瑶妹妹，你当然可以像我一样啊，为什么不呢？”

小瑶帝眉头紧蹙，说道：“哥哥，你知道巫山神女吗？”

我回答道：“当然知道了，《神女赋》写‘欢情未接，将辞而去。迁延引身，不可亲附。似逝未行，中若相首；目略微眄，精彩相授’，说的是神女拒绝了楚襄王的追求。”

小瑶帝泪如雨下，说道：“冥帝哥哥，我和巫山神女一样悲惨，明明很想有一段爱情，却不得不收住幻想。”

那时，我便猜想到，小瑶妹妹或许也是夫子书写的人物？但现实又让我产生了疑惑，我问道：“小瑶妹妹，你既是东帝的亲生女儿，想做什么就做什么，为何却身不由己？”

她向我说道：“都怨父亲，他和夫子下棋输了，却要搭上我的命运，我虽然人是自由的，但人生命运却是夫子的，是夫子把我写成了一个拒绝所有爱情、不食人间烟火的神女。”

然而，夫子不止一次地暗示我，要撮合我和小瑶帝的婚事，因而我和小瑶帝也才有机会约会几次，我们之间的关系也渐渐亲密起来，但是随着我与夫子发生了那场惊天的对战事件，那场在宇宙中名曰“寰宇之争”的对战，从此夫子便改变了小瑶帝的人生命运，使得她最终离奇死了。

尽管我保留了小瑶帝的一缕神识，但我用尽各种办法却无法将她重塑肉身和元神，因为她是夫子摧毁的。东帝虽然心疼女儿，但也只能劝我放弃，因为要想拯救小瑶帝，只有夫子可以，其他人都不行。

从往事中回过神来，我看到白露和东帝在玩着哄骗小孩子的魔术，或许，东帝是因为太思念女儿了，才会对白露那么好。我笑道：“哈哈，你们两位，一位是长不大的孩子，一位是长不大的老人。”

这时，东帝却唤我乳名道：“小枢枢，快来陪我们玩游戏。”我想，夫子可能已经等候多时了，便说道：“小露露，我们还有正事要办呢。”

白露忽然清醒过来，只得哄骗东帝说下次给他变魔术，东帝只得委屈巴巴地听从她的安排，白露忽然说道：“小枢枢，你刚才叫我什么？”

我笑道：“不好意思，我忽然想起了我昔日的情人，叫小露露，给整混了。”

东帝却纠正道：“小枢枢的情人叫小瑶瑶，不是小露露。”

“呵呵，他还有位小瑶瑶，快给我说说。”白露靠近东帝想要继续了解，却被我一把拉开了，我说道：“快走，当心夫子一动笔，你的命运就完了。”

我拉着那臭丫头进入了夫子的杏林，此时杏林北斗星阵的结界已经是最弱的时候了。我和白露轻易推开柴门，便到了农科苑，走过盆景小林，穿过了一个溪水小桥，经过问字亭，便出现了眼前的亭台楼阁。

此时的夫子，满头白发，手中捧着一卷竹简，正看得入神，即使如白露，看着这位老头也会心生怜悯，然而她的命运却不得不被眼前这位老头书写。

“夫子，我和白露来看你了。”

夫子略显疲倦，抬头望了望我，说道：“小枢枢，我是不是太累了？今天才看一遍的太玄，就入梦了。”

夫子看了一眼白露，招手道：“小丫头，你过来。”

白露感觉到诧异，双手使出光束之剑，怒道：“老头儿，你想要什么花样？”我赶紧拉住她，说道：“白露，在夫子面前，不得无礼，你赶紧过去。”

但是白露却没有收手，竟然使出了杀招，刹那间千束光剑便冲击过去，然而光剑在强大的夫子面前，什么都不是，夫子只是在一边大笑不止，白露无论用什么法器和招数，在夫子强大的威压面前，什么都不是，夫子不需要动手，他身上承载的寰宇之力，就足以毁灭白露施加的攻击，即使是强大如我，昔日拥有 59049 件法器傍身，在那场“寰宇之争”中，都无法伤得夫子分毫，白露再继续，也只是做无谓的攻击。

我劝道：“白露，你住手吧，再这样下去，你只会耗死你自己，何必呢？”

夫子也笑道：“小丫头，你可真是有趣，明知不可为而为之，老夫着实佩服。”

最终，白露扔下所有的法器，倔强地说道：“你个老不死的，怎如此厉害？若有自知之明，干脆自杀算了。”

我生怕夫子生气，骂道：“臭丫头，在夫子面前，不得如此猖狂。”

夫子笑了，说道：“听说有技不如人的羞愧自杀，没听过技高一筹的还羞愧自杀。”

“天下有你这般可怕的万世老头，那些规矩和标准得改了。”

夫子笑着说道：“小丫头，你过来，老朽给你看一样东西。”白露仍然有几分怒气，却也走近了夫子，在那块光白柔滑如大理石的油素上，正写着密密麻麻的文字，形如蝌蚪，字字泛着金光。

他说道：“第一页，我写的是北斗七星的命运。”

“北斗七星？你说的是天枢、天璇、天玑、天权、玉衡、开阳、瑶光他们？”

“对，枢为天，璇为地，玑为人，权为时，玉衡为音，开阳为律，瑶光为星。此七星我甚为偏爱，并且在巴蜀大地种下了灵咒，因而巴蜀的东南西北中，都会有七星的树群，它们吸取地脉的灵气，为天上七星供应源源不断的灵气。”

“老头儿，你种了灵咒，岂不是要让七星吸尽巴蜀的灵气？”

夫子不以为然，解释道：“北斗七星与巴蜀地脉相连，其实是彼此呼应的，如果七星灵气充裕，又会将灵气灌进巴蜀地脉，他们彼此是相互依存的。”

我问道：“夫子，七星各有强弱，输送的灵气肯定不均衡，如此是否可能导致巴蜀多地震？各地灵气不均是不是也会导致巴蜀各地地脉或肥沃或贫瘠？”

夫子沉思了一刻，叹道：“万事没有十全十美，我种了灵咒，巴蜀得到滋养，因而有了天府之国的美誉，但七星的灵力并不是固定不变的，俗话说‘风水轮流转’，随着天轨的运行，七星的地位也会发生变化，只是这种变化比较漫长而已。”

白露对七星不感兴趣，她更关心写着自己命运的那一块油素，说道：“夫子，我要看下一块油素。”

夫子取出第二块油素，里面记载了“2023 年成都世界科幻大会”的缘由和结果，我不由得来了兴趣，凑近了看，夫子说：“科幻大会落户成都，并非偶然，这里面既需要无数代人对科幻的追求，完善科技实力、科幻氛围和科幻产业，同时还需要改变成都的能量场。”

“什么能量场？”白露问。

“世界的科幻能量在西方，与蜀地相去甚远，老朽书写了太玄经，构筑了宇宙生成图式，为科幻能量的移位提供了理论基础，因而在天轨运行中，科幻能量才能通过通道逐渐向蜀地移送。”

“守护西方的大神会允许科幻能量向东方流失吗？”

“他们当然不愿意，老朽肯定不会让科幻大会落空，因而催动宇宙之力，让成都成了科幻能量的收纳场，核心就在郫邑，这样在我们与西方诸神的对决中，他们最终会落败。”

白露不解地问：“夫子，一场科幻大会对成都有何意义？”

“表面仅仅只是一个科幻大会，实际上，它将改变东西方的能量场，是一个让东方崛起的临界点。而且，因为老朽留下了科幻玄洞，所以你才能开启时光倒流。”

“原来这一切，都是你这个老头策划的！”白露说道。

人们怎么也不会想到，为了2023年那场科幻大会，夫子从公元前1年便开始了筹谋，普通人只是看到表面即将发生的事情，而对隐藏在背后的强大背景和推力却完全不知。此刻，我曾经以为的无能夫子，在我眼前不知高大了多少倍！在浩瀚宇宙时空中，夫子赐予了我无限的力量，让我做日月的守护者，将这一数千年重任托付与我，而我却觉得十分寻常。

我意识到了昔日的错误，向他说道：“夫子，对不起，曾经我以为科幻大会是普通的，时至今日，我才明白您的良苦用心。公元3333年的那场大战，也是我的不对，您不计前嫌，仍然让我守护日月，我有愧于您。”

夫子叹息道：“小枢枢，老朽对不起你，当年因为我的一时愤怒，小瑶的死……”

我答道：“夫子，我不怪你，是我有错在先，不知道还有没有什么办法补救？我只希望小瑶能活过来。”

白露劝道：“冥帝哥哥，你且放宽心。”她又说道，“哎，老头，你本事不是很大吗？把小瑶救回来。”

夫子抽出了第三块油素，我看着眼前的油素，涂涂改改，似乎被重复使用了许多次，夫子说道：“当年，老夫气不过，泼墨损坏了小瑶人生命运的油素，但后来想要挽救已没有办法，只得再次将油素擦洗干净，写下了白露的人生命运。”

听闻于此，我几乎要晕厥过去，我的小瑶帝妹妹再也回不来了，这一张油素白绢上，要么写着白露的人生命运，要么写着小瑶帝的人生命运，而我替小瑶帝保留的一缕神识，反映在油素白绢上，或者就是当年还没有褪尽的墨痕。

凭借夫子超常的记忆和高深的笔，完全可以重塑小瑶帝的人生，那张油素既然已经认了白露和小瑶帝两个人的命运为主人，意味着只能有其中一个人的命运可以反映出来。我不知道是该恨夫子还是原谅夫子，当年他既然毁了小瑶帝，却又不肯重新为小瑶帝续写人生，他是担心我厌恶重来的人生轨迹？又或者是担心公元3333年那场大战重演？他写下了白露的人生命运，却又让我保留了小瑶帝的一缕神识，他这是对我的喜爱吗？！

白露似乎也明白了，对我哭泣道：“冥帝哥哥，对不起，因为我的存在，让你的小瑶妹妹再也回不来了，如果你想让她回来，我愿自杀成全你！”

夫子叹息道：“小枢枢，白露，是我对不起你们。”他接着说道，“小枢枢，你把小瑶帝的一缕神识给我看看。”

我从身上取出装着小瑶帝神识的琥珀晶石，交给了夫子，夫子大笑不止，然后对我和白露说道：“小枢枢，小白露，你们要多多保重，照顾好自己，从今以后，你们的命运将由自己掌握。”说着他便取出我和白露的人生命运的油素，使其飘浮到了我们的眼前，我和白露接住了各自的命运之书，夫子微笑着，似乎催动了巨大的宇宙之力，我和白露站立不稳陷入了昏迷。

当我和白露醒来，太阳正以磅礴的力量在东方渐渐升起，我凝视远方，发现小瑶帝正翩然向我走来。

曼陀罗仙子

人间的紫气湮灭了邪气，大地显出一片生机，公平和正义被播撒到五湖四海，云层间有一道士用青眼俯瞰人间，他认为一切事物都很和谐，心里一乐呵，以为可以向玉帝交差了，不料刚飘过一个小山村，便感应到一股怨怒之气。

于是，那道士变作一只黄蜂，停在一棵桃树上，他问那桃树道："你知道这个小山村是由哪位神仙掌管吗？"

桃树摇动一下枯瘦的身姿，慢条斯理地说道："是曼陀罗仙子，但是因为曼陀罗仙子偏要在严冬开花，违背了花期，所以玉帝把她贬下凡间了，这个小山村便没有神仙管理了。"

"天上的那些仙官真是糊涂，怎么也不另派他人来管理？你知道这儿有多少年没神仙管理了吗？"

"黄蜂，说话还得小心啊，天上的神仙不能轻易得罪的，你要问我这里有多久没有神仙管理了，我也不是很清楚，我只知道自从曼陀罗仙子走后，我开过六次花。"

"这么说来，有六年没有被管理了，幸好这只是个小山村，没有什么大的妖魔鬼怪产生，不然人间的秩序又要大变了，谢了！"黄蜂飞身一变，变成了一位仙风道骨的老神仙，桃树初次见到这样的老神仙，吓得浑身发抖，还好有风吹过掩饰了他的颤抖。

“老神仙，求你度化度化我吧，我在这个小山村忍受了多年的风雨，实在寂寞难耐。”桃树殷勤地恳求道。

那成仙道士指责道：“你不过是一棵卑微的桃树，还胆敢求我度化你？如果天底下像你这么卑微的生物都来求我度化，那么本仙岂不是要被你们这些鸡毛蒜皮的事累死？”

桃树知道自己触怒了老神仙，求情道：“老朽知错了，求老神仙责罚。不知老神仙是不是要去找曼陀罗仙子？”

道士微微松展开紧绷的脸色，冷淡又带威严地问道：“难道你知道她投胎在哪户人家？”

桃树呵呵笑了几声，才说道：“曼陀罗仙子不仅人长得漂亮，还心地善良，她还叫老朽爷爷呢，临走之前，她跟我说她将投身在痴情滩一位王姓人家，王姓人家的屋子靠近河边，屋子旁有两棵柳树，柳树边又有一座拱桥，拱桥上有个“爱”字，桥大概快要断了，痴情滩离这儿不远，您向西走几十里就到了。”

“说那么多干什么，你就说她投身在一位王姓人家，向西走几十里不就够了？”那道士说完摇身一变，便不知去向了。

曼陀罗仙子投胎在王姓人家，她的父母在一次地震中早早地去世，她只有一个外婆可以依靠，外婆照顾她三年了，她现在只有六岁，没有什么好衣服穿，也没有什么好糖果吃，更没有什么好玩具玩，而且更痛苦的是没有小伙伴和她一起玩耍。

曼陀罗仙子寂寞的时候，就坐在门槛上孤独地望着外面的天空。有时候她幻想自己能成为天空的一只鸟儿，那样她就可以无拘无束地翱翔；有时候她幻想自己能成为一朵花儿，那样便有人将她采走，放在漂亮的花瓶里养着；有时候她幻想自己成为一棵果树，那样便可以结满漂亮的果子，等待人们来采摘。

寂寞的小山村充满了贫穷和冷清，曼陀罗仙子的孤独像不竭的河流一样无穷无尽。道士隐藏在繁密的绿叶里望见了曼陀罗仙子，他用法力窥探了曼陀罗仙子的内心。他想，不能让曼陀罗仙子继续这样孤独下去了，如果她不能完成投身凡间的使命，那么她可能还会遭到玉帝更重的责罚，而曼陀罗仙子当初管理的村子也将越来越乱，而且曼陀罗仙子纯洁的心灵也值得他的帮助。

道士飞到一座峡谷，看见一只老乌鸦在枝上哭泣，他问乌鸦道："老乌鸦啊老乌鸦，你为什么哭得这般伤心？"

老乌鸦睁开红肿的双眼，悲哀地说道："都怪我这个母亲不好，没有照顾好我的儿，明知道他才刚刚长出翅膀，便允许他飞翔，不承想孩子摔死在山下的石头上了，可是如果我不让他飞翔，那他永远也学不会飞翔的，呜呜呜哇——"

"可怜天下父母心！老乌鸦不要哭泣了，我能还你一个活蹦乱跳的孩子，可是你必须为我做一件事。"道士对老乌鸦说道。老乌鸦看了一眼道士表示不信，又悲哀地哭了。

道士降落到悬崖，捡起污血满身的小乌鸦，欢笑地说道："还好肉身没有腐烂，也没有被虫蛇吃了，不然确实还要花费一番功夫的。"道士给小乌鸦吹了一口仙气，小乌鸦便张嘴哇哇地叫。

"老乌鸦，你的孩子现在在我手上，如果你可以为我做一件事，我便将小家伙还你，如果不能，我便将他掐死，让他永世不得超生。"

小乌鸦在道士的手中哇哇大哭，尽管小乌鸦挣扎着，可是无论如何他也挣脱不开那丑陋的手掌，老乌鸦心疼小乌鸦，嘶哑地说道："我答应你，可是你要放了他。"

老乌鸦拥抱了一会儿小乌鸦，将他放在窝里，又嘱咐了小乌鸦几句，才依依不舍地离开了鸟巢。老乌鸦按照道士的吩咐，故意降落在曼陀罗仙子的门前。

曼陀罗仙子在凡间的名字叫灵颖，这时她正在门前玩泥沙，她看见老乌鸦便叫外婆出来，外婆看见那只老乌鸦，以为是老乌鸦吓着孩子了，所以拿起一根棍子要赶老乌鸦走，灵颖的外婆从来没有见过那么大的一只乌鸦，那只老乌鸦肥肥的像一只老母鸡。

老乌鸦在心里抱怨凡间的人怎么这么狠心，可是为了她的孩子她忍了，灵颖对外婆心疼地说道："外婆，不要打她，将她捉来，我要她陪我玩儿。"

从此老乌鸦就成了一个宠物，老乌鸦被系住了脖子，她的双脚有时还会遭受缠足。老乌鸦在口里骂道："讨厌鬼，你快要勒断我的脖子了！"然而，灵颖根本听不懂她在说什么。

那道士又变作一个挑担的货郎，他送给灵颖一个书包，对灵颖笑着说道："小姑娘，都六岁多了吧，是时候读书了，我送你一个书包，哎呀，你还有这么好的一个伙伴呀（指老乌鸦），如果你要去上学，那么这个书包就让她替你背吧。"

灵颖笑着点点头，等挑担货郎一走，老乌鸦便萌生了逃跑的想法，老乌鸦思念她的孩子，她真想啄灵颖几下，然后拍拍翅膀逃跑。灵颖很想去上学，于是告诉外婆她要读书，外婆纵有万般的舍不得，可是为了孩子的将来，还是答应了灵颖。

老乌鸦试着逃跑了几次，然而都不成功，每次都被灵颖捉了回来。老乌鸦的逃跑引起了灵颖的警觉，她不得不拴一根线在老乌鸦的脚上。灵颖常常将书包挂在老乌鸦身上，牵着老乌鸦高高兴兴地去上学。

大伙儿都很羡慕灵颖有这么个不一般的宠物，灵颖因此受欢迎了许多，也开朗了许多。老乌鸦的人生则变得非常悲惨，她不是要遭受那些讨厌鬼的抚摸，就是要听杂乱的读书声。

有一次在上学路上，老乌鸦狡猾地啄断了陈旧的线，她扑打着翅膀想要逃跑，无奈背上的背包太重，就算她费了九牛二虎之力也无济于事，那个背包似乎跟她的身子连在一起了。

"那个背包就是你的责任"，这句话在老乌鸦耳边飘过，她听出那是道士的声音，老乌鸦只得认命。灵颖以后不再用线拴住老乌鸦的脚，因为她知道背包能让老乌鸦飞不起来，从此，老乌鸦承担了陪伴灵颖读书的任务。

渐渐长大的灵颖，成了一位美丽的姑娘，老乌鸦最后也离开了她的身边，而灵颖成为曼陀罗仙子的那一刻究竟如何，就不是现在所能知道的了。

兔 仙

一座雪山下，有一方茂盛的桃林，一到春天那里便会灿如红霞。平坦的山谷中，一条条小溪相接，溪水清澈见底，尽管已经是春天了，但风和水都还有些刺骨。

夜深了，月色朦胧，几颗星星不知疲倦地眨着眼，桃花被冷风不停地刮落，花瓣落在溪水中，香气瞬间便渗透小溪，有只修行 7999 年的兔子精——秀儿很喜欢这里。她每年都会来这里看桃花。

第 8000 年对兔子精来说十分重要，因为这一年既是她的劫难，当然也是她成为妖仙的契机。兔子精一旦过了这个坎儿瞬间便能获得天地灵气的加持，成为可以随意幻化的妖仙。然而也有许多修行了 7999 年的兔子精就因为过不了第 8000 年的那个坎儿而被雷电击得灰飞烟灭。

秀儿，这只修行了 7999 年的兔子精，今晚将度过她的第 8000 个生辰，她的父母已经灰飞烟灭，她身边只有一个跟她一般年岁的驴子精，驴子精是 10000 年一劫，所以驴子精也只能看着她像她父母一样被雷电击中而爱莫能助。

今晚的天气那么糟糕，月亮这么昏暗，雷电从什么地方来的都看不清楚。秀儿叹息了一会儿，吐出一口气，溪水中闪出了一面光亮如炬的镜子，镜子中有她幻化成人形的影儿，多么清秀白皙的一张脸。她忽然想起娘亲给她的警告：“未成妖仙之前，不可轻易幻化成人，否则雷电可随时击杀你。”

但，她已经多次忽略这个警告了。回到了兔子真身，她陷入了深深的回忆。

“山中有个好姑娘，她的名字叫蔓草，轻轻扬扬转头望，释不尽忧愁与哀伤……”一位少年哼着一段不知什么时候流传下来的曲子，准备去丛林中牵牛回家，却忽然发现一只老鹰和一只兔子在打斗。

少年看见那兔子的肚子圆滚滚的，以为她怀了小兔崽，便捉住了老鹰，放走了兔子，但那兔子其实只是多喝了一些溪水，多吃了几堆青草而已。因为被少年搭救，兔子便记住了少年那张清纯的脸，少年十七八岁，他的脸不算白皙，却透着几分英气。

后来，她就常常幻化成一个清纯的少女，来和少年相聚。有时她会从少年的书中飞出，从一只蝴蝶变成一个人，有时又会变成一只鸟儿，在树上鸣叫逗少年乐，有时也会变成一朵花儿。少年和她玩捉迷藏，每次都找不到她，伤心到躺在草丛中，这时她就一个人失望地在一边惆怅，然后静静地靠近他。

“哎，也许今晚，我就再也见不到那个思念的人儿了。”兔子回过神来，黯然神伤。今晚，是一个令人伤心的时刻，少年根本不知道今晚会发生什么，如果他知道，也许会心如死灰。今晚，藏着碎人心脏的雷电。

“可惜我只是一个兔子精，我每次都是冒着生命和你相聚。

“等等我吧，等我今晚把这个劫过了，就去找你。

“也许等我过了这个劫，你就成家了。

“毕竟你是个人，而我只是个妖。”

她的这些自言自语很快就被风吹散了，而那个少年却正和别的女子在一起玩乐，他觉得山林中那个美丽清纯的女子，就像是他的一场梦，一场美梦。

秀儿是不知道少年此时的处境的，她眼里的那个少年还是当初那个待她真诚的少年。

突然兔子精看到了一阵闪电飞来，心中骤然紧张起来。啊，迅猛的雷电，你就要摧毁我的身躯了吗？我心中未尽的梦还没有结束啊。在她的眼角，有几滴晶莹的泪水，她已经深深地爱上了那个少年！

兔子精被雷电劈中，失去了知觉，那只驴子精嗒嗒地踱步而来，看到她陷入了一片沉睡的安宁。

雪南卷

一

在华阳新国潮文物展馆中，各种展品呈剑阵排列。在一副石棺椁的展品前，记者苏默久久凝视，小小的墓圈上，石刻的白蛇突然跃出，直冲向他的眼睛，他被瞬间吸入一个异世空间，被抛向几千年前的一个世界，而记者苏默在华阳新国潮文物展离奇失踪的消息，第二天就登上了各大新闻头条。

“苏默失踪 48 小时，文物展被迫取消”“镇馆之宝失踪，记者苏默又去了哪里”“苏默消失的两天里，其女友四次痛哭向活动主办方要人”“儿子离奇失踪，苏默父母绝食抗议”……

而穿行到另一个时空的苏默，变成了柳宅一位公子，排名第九，名叫“柳九晟”，此刻他正与小厮在一座花船上，饱览杜里镇的景色，只见杨柳画桥深浅水，春藤绿岸往来船，游人众多，商贩叫卖声不断。

苏默意识到自己进入了另一个时空成了“柳九晟”，他仔细回想那口石棺的奇特之处，想要找到回到二十一世纪的办法，白蛇……他正在回想，不料却被一阵水声打断，忽然听得有人喊：“有人跳水啦，有人跳水啦，快来人啊。”

柳九晟赶紧跳下去救人，将女人从河水中拖拽上岸，虽然她头发有几分凌乱，脸上挂满了水珠，但也难掩她的美丽，她看起来二十来岁，楚楚可怜，面上带有几分愁容，他问道：“姑娘没事吧？”

“我不想活了，让我死。”她想要再跳下去，却被柳九晟一把拉住，安慰道：“姑娘有什么事情想不开？何必要寻死呢。”

女子仔细端详了柳九晟的样貌，眼前的男子丰神俊朗、气宇轩昂，一时间寻死觅活的心思也没有了，反倒生出几分害羞，她悲戚地说：“爹爹逼我嫁给那柳宅的九公子，素闻那柳九晟风流成性、赌博成瘾，我若嫁了她，还有什么指望……”

柳九晟转身望了望身边的小厮和围观群众，突然明白了什么，便安慰女子道：“姑娘叫什么名字？我先送你归家。”

她脸有忧戚，答：“妾身乃江原县人士，姓郑，小字雪南，被家人逼婚走投无路……我不想回家，我若回家了，爹爹又会逼我和那登徒子成婚，我宁愿死！”

“可怜啊，真是可怜。”围观群众感叹。

“没有其他法子了吗？”

“爹爹一向最重诺言，哪怕是我死，他也会让我死在柳家。”

心里暗骂这该死的迂腐长辈，柳九晟决定要管一管眼前可怜的女子，他想起附近有座乌舍庵，庵中的尼姑还是自己的朋友，于是安慰说：“姑娘，这近处的青涧峰有座草庵，名曰‘乌舍庵’，我有一位故人在此修行，不如你且先住在她那里？”

看到她点头示意，柳九晟便带她先去街上买了干净衣服换上，之后几人便前往乌舍庵，乌舍庵的女主人，人称“灵微道长”，脸庞饱满，光洁如玉，姿色撩人心弦，眼神勾人魂魄，看起来也不过二十来岁。她所居住的乌舍庵，处于青江的源头，山间溪水成潭，竹林幽幽，几间茅草屋，紧靠着巍峨的岩石。

几人来到草庵后，四周都寻遍也不见灵微道长的踪影。

“公子，这就是你朋友的草庵？”郑雪南问。

“正是，你感觉这里如何？”

郑雪南望了望周遭的竹林、草庵，凝视着眼前的溪流，看到缥缈扑地的云雾，心生几分愉悦，欣喜道：“此间竹篁森郁，溪水潺潺，正如陈子昂诗里所写‘峰岭上崇崒，烟雨下微冥’，果真是个好地方。”

柳九晟惊叹郑雪南的才华和见识，笑道：“还是郑姑娘懂得欣赏，沈约亦有诗云‘繁荫上翁茸，促节下离离’。”

旁边的丫鬟碧珠心生嘲讽，讽刺道：“公子、小姐，天就快黑了，你们不赶紧找那草屋的主人求个落脚处，倒有心情谈诗论赋？”

郑雪南拉住了碧珠，害羞地训道：“公子好心帮我们找住处，你可别取笑他，刚才我们不过是有感而发罢了。”

柳九晟的仆人阿牛则笑道：“我觉得，我家公子和郑小姐才子佳人，可谓知音啊，只是可怜郑小姐终究要嫁给那……那柳家……败家子！”

柳九晟明白阿牛是打趣他，心里想笑，表面上却还要假装敲打阿牛，训道：“好你个笨牛，竟戳人心窝子说风凉话，看我不揍你。”

“公子饶命，我错了，我错了。”

大家赶紧分头去找灵微道长，柳九晟沿着旁边小路，又发现了一处小竹屋，刚到竹屋前，便觉一阵香气袭来，进了屋子香气更加浓烈了，掀开竹帘帷幔，竟发现一女子，于天然巨石的浴池中，轻盈地躺着洗澡，蒸汽缭绕时隐时现，水面铺满了花瓣，女子闭眼享受着热水浸润她的身体。

柳九晟正欲叫她一声，不料一丝细线飞出，瞬间捆住了柳九晟的身子，女子邪魅道：“柳公子，何不下来一起泡个鸳鸯浴？”

“不可，不可！灵微……我今天来找你有正事。”

“正事？呵呵，柳公子，你的正事就是时常来我这乌舍庵借个书，论个诗吧？”她说完不由得哈哈大笑，心想今天的柳九晟怎么突然变得这么正经了。

柳九晟想起当年的灵微道长，不仅是一个貌美如花的冷面杀手，也是江原县有名的青楼“长生阁”的花魁“采采”，柳九晟数次挥金如土为她脱籍赎身，她却又数次返回“长生阁”干起老本行，大家都说柳九晟是个十足的“憨货”“傻子”，遭到了采采姑娘的诓骗，当他不再为采采姑娘赎身时，采采却主动脱籍，隐居在了青涧峰，建了乌舍庵，成了灵微道长。

“采采，我今天来真有事！”

灵微道长生气地喝道：“住口，别叫我采采，叫我灵微。”

“不都是你吗？好吧，灵微，你答应我个事儿。”

灵微道长扯动丝线，将柳九晟拉入了浴池，调情道：“柳郎，你说什么我都答应。”

“别别别……灵微，我从今以后改邪归正了，归正了。”

“你归正？”灵微道长深情地看向眼前的男子，朗诵道：“晓看天色暮看云，行也思灵微，坐也思灵微……”

“你读的是？”

灵微道长有些生气，骂道：“你昨天才给我捎来的情书，今天就忘记了？”

柳九晟还想解释，说道：“既为修道之人，便不应该沉溺……”

“我沉你个头！”说完她竟然将柳九晟死死按在了浴池里，他一浮上来，就赶紧解释道：“灵微，别胡闹了，我求你收留一个人。”

“答应了。”灵微答道，她觉察到竹屋外有人靠近，慌忙起身穿衣，柳九晟也用力地拧掉衣服上的水，这时郑雪南到了竹屋，正瞧见两人从竹屋出来。

柳九晟赶紧走过去，对郑雪南说道：“郑姑娘，我给你介绍一下，这位就是灵微道长。”

“久仰灵微道长大名。”

“郑姑娘大驾光临，小庵真是蓬荜生辉。”

“哪里哪里，道长这里千岭竹海，所见皆是绝世美景。”

“郑姑娘若喜欢，便常住于此，早有霞光入谷，晚有晴岚相伴，大自然的馈赠，享之不尽。”

“我在来的路上，便从公子那里了解到道长的事迹，道长仙姿绰约，与我仿佛年纪，实在令人钦佩敬仰。”

柳九晟笑着说道：“灵微与郑姑娘俱是沉鱼落雁的美人儿，依我看，你俩结为姐妹，在这山中品赏风物、参禅悟道，可谓一道风景呀。”

郑雪南望向灵微道长，只见灵微道长莞尔一笑，解释说：“我的修行与其他人不一样，追求返璞归真、清异出俗，也无须断情绝爱，我很乐意和郑姑娘以姐妹相称。”

郑雪南听闻十分欣喜，回答道：“若能和灵微道长结为姐妹，是我的福分。”

这时，郑雪南才发现柳九晟的衣服打湿了，慌忙问道：“公子，你的衣服怎么湿了？”

柳九晟不知怎么解释，紧张地望向灵微道长，于是灵微笑着说道：“刚刚我在这里研究用花瓣配置颜料，没想到花瓣落到了汤池里，公子为了替我捞花瓣，一身都泡湿了，实在抱歉。”

郑雪南有些心疼，却见他衣服上还划出了一个洞，说道：“公子这身湿衣服穿不得，一会儿我替你洗好缝一下吧。”

“谢谢，我们先回乌舍庵再细说吧。”于是三人便从竹屋来到了草庵。柳九晟换了一身衣服出来，却看见郑雪南与灵微道长正说着悄悄话。

“你们说什么悄悄话呢，有什么是本公子不能听的吗？”

“我想约灵微姐姐一起去山下‘青溪亭’赏荷。”

“好啊，好啊。”阿牛和碧珠欢呼雀跃。

“灵微，可有时间一起去？”柳九晟问，他坐了下来，几人围在一张桌前。

灵微道长笑了笑，又叹息说：“我也很想随你们一起去，奈何还有几十卷经书要抄，实在陪不了我的雪南妹妹。”

柳九晟便安排道：“阿牛、碧珠，你们俩陪灵微一起抄经书。”

阿牛白了柳九晟一眼，反问：“我们和灵微道长一起抄经书，那你呢？”碧珠也唱和地说道：“是啊，公子，你做什么呢？”

“这还用问吗？我当然是陪同郑姑娘去赏荷。”

灵微道长接上话，说道：“抄经书就不用了，我夜观天象，算到近几日将有暴雨降临，山上没多少吃的了，我想，要是阿牛和碧珠方便的话可以去山下集市采买一些粮食，购置一些衣物回来。”

有和碧珠单独相处的机会，阿牛求之不得，碧珠一想可以去山下集市买最爱的美食和胭脂，哪里还有诗情画意去赏荷？于是碧珠说道：“灵微道长的建议很好，愿听差遣。”

阿牛笑着说道：“我力气大，我和碧珠一起去。”

柳九晟深情看了灵微一眼，然后说道：“一入道门深似海，一心扑在《抱朴经》。罢了，我且和郑姑娘去吧，不做妨碍你精进修为的绊脚石。”

灵微道长微微一笑，说道：“士别一日，你们回来且看我的长进。”

郑雪南摇了摇灵微道长，假装不高兴道：“哦，原来姐姐是瞒着我们偷偷进步，提升修为境界，只怕等我们回来，就难以和你谈心论道了。”

灵微道长轻轻拍了下郑雪南，勾了一下她的鼻子，说道：“妹妹且遂了姐姐这个私心，不然以后没点儿真本事，都不敢称‘道长’了。”

于是郑雪南和柳九晟决定同游青溪亭，阿牛和碧珠下山去采买粮食和衣物。

二

一处昏暗的洞府内，灵微道长正入定运气，倏忽间，脑海中竟然浮现了这样一个场景：

柳九晟和郑雪南坐上小船穿行在荷花中，他摘下一朵荷花，郑雪南害羞接住，两人捏住荷花越靠越近，最后竟然抱在一起，那柳九晟抚慰道：“郑姑娘，第一眼我望向你时，便想娶你为妻。”

“真的吗？我初见你时，也觉得你如神仙降世，想以身相许。”

“郑姑娘，我们永远在一起，好不好？”

“嗯，永远在一起，永不分开。”

……

灵微道长口吐鲜血，运气疗伤后，扔出一条红线，便困住了洞旁那条千年蛇妖，蛇妖十分放肆，她嚣张地说道：“前世你比不过我，害我变成蛇妖，今世你化成人，我就不能戏弄一下你？”

“你这贱蛇妖，前世你偷学了《洞经谱》比武才能赢我，我向宁仙人举报，他将你变为蛇妖是你咎由自取！怪不得我。”

“那你破坏我和玄坛师兄的感情，又作何解释？”

“玄坛师弟根本就不喜欢你，我不想让你干涉师弟的清修。”

“你以清修之名，却创造和他单独相处的机会，真是‘大公无私’。如此说来，我还应该感谢你了。”

那白蛇忽然变成了“玄坛”，风度翩翩白发飘扬地靠近灵微道长，但灵微道长用力一掌便将他震开，于是“玄坛”变回了白蛇，灵微道长骂道：“你想用障眼法迷惑我，还嫩了些。”

白蛇又变回她前世的样子，口中吐出了鲜血，骂道：“灵微，你等着，我们的债还没有完，我终将让你血债血偿。”说罢又变成了一条白蛇溜出了洞府。

白蛇名叫“玄素”，她因为偷学《洞经谱》而被自己的师父宁仙人变为蛇妖，尽管师父仍准许她和众多师兄师弟一起学道，但她因为自己被变成蛇妖自觉没脸听经，于是便藏在月城湖底，开启了偷偷自学的修道之路。每次看见她化身白蛇偷走道学典籍，宁仙人竟然都装作没看见而对她默许纵容。有时仙人还会训斥几句：“玄素，你又不能领悟其中奥妙，偷走经书也是白白糟蹋，收手吧。”

白蛇当然不肯收手，还骂道：“老不死的，我就要偷你经书，谁叫你把我变成现在这副模样？我不仅要偷你经书，我还要挖空你的青城山。”

“哈哈哈，不自量力，你以为青城山那么容易被你毁掉吗？你现在的修为连观中的一棵银杏树都比不上，你怎么就不知道悔改呢？”

“要我悔改也容易，除非你把我变为人，我不想做妖怪。”

宁仙人教诲道：“你想为妖便是妖，你想为人便是人，我即便除了你的妖相，把你变为了人，但若你的内心还是妖，你和妖又有什么区别呢？”

白蛇吐了一口唾沫到宁仙人身上，骂道：“呸呸呸！老妖怪！说得比做得好听，有本事你自己变成蛇妖，感受一下什么滋味。”

宁仙人故作生气，一挥拂尘便将白蛇打入青江，殊不知这是宁仙人在助她蜕皮，而她因为对灵微道长和宁仙人怀恨在心，便常在青城山、青涧峰两地活跃。

被灵微道长打伤的白蛇玄素，心中愤愤不平，下定决心要和灵微道长对着干，她想到了柳九晟和郑雪南，心生一计，决定从他们两个下手。在青溪亭，万亩荷花盛开，朵朵娇艳，层层叠叠，一眼望不到边，柳九晟和郑雪南穿行在荷塘中，两边荷花围绕，手可摘花。

“郑姑娘，如此绝佳美景，你是怎么找到的？”

“我是在一首诗里找到的。”

“哦，竟有此诗？说来听听。”

“青溪划水摘荷花，桥畔熏风与晚霞，恍如邂逅瑶池宴，万仙醉脸染铅华。”郑雪南解释说，此乃一位隐逸高士“海蟾子”所作。

柳九晟并不觉得那诗句有什么好，但他仍然笑道：“郑姑娘，此情此景令我终生难忘，我作一首诗送给你吧。”

“谢谢公子，公子竟能出口成章，可真令人佩服，小女子我作诗，总要想半天才能想出一首来。”

“郑姑娘，你且听来：

碧荷生幽泉，朝日艳且鲜。

秋花冒绿水，密叶罗青烟。

秀色空绝世，馨香为谁传。

坐看飞霜满，凋此红芳年。

结根未得所，愿托华池边。”

柳九晟念完此诗时，郑雪南早已经春心萌动，深觉眼前这个男人才华盖世，非一般人可比，她完全被他迷住了，一想到自己琴棋书画样样皆通，却要嫁给柳九晟那样不堪的一个纨绔子弟，不觉悲从中来，泪水竟夺眶而出。

“郑姑娘，你流泪了。”柳九晟赶紧替她擦拭眼泪。

“良辰美景奈何天！公子，你写的诗，意境高远，韵味深长，特别是那句‘秀色空绝世，馨香为谁传’，真引人落泪。”

柳九晟偷用古人的诗句来骗她，也不好意思再解释，便说道：“随意胡诌一首，竟引得郑姑娘为此落泪，真是不好意思。”

此时白蛇早已经藏在荷塘里，她放出一只蝴蝶，探知了柳九晟的真实身世，原来那柳九晟就是那个唤醒她的男人——来自二十一世纪的苏默，她平复了一下心情，又想到灵微道长的狠绝，仍坚定默念：“不能让他们在一起。”

白蛇继续探看，却见那柳九晟已经和郑雪南贴得很近，他假意为她拨开头上的荷花，郑雪南竟也没有起反抗之心，这时，白蛇变为灵微道长模样，一把拉开柳九晟，朝那郑雪南亲了一下，等郑雪南缓缓睁开眼睛，竟然看到了灵微道长。

“刚刚是你亲了我？”

“当然不是我，是他，我看见了。”假的灵微道长答道。

柳九晟有些生气，转移话题问道：“灵微，你不是说不来吗？怎么突然出现？”

“公子，你是不是亲了我？”

柳九晟解释道：“郑姑娘，我没有亲你。”他没有目睹灵微道长亲郑雪南，也不敢胡乱指认，又继续说道，“刚刚你感觉到的，或许只是……只是幻觉。”

郑雪南被人亲了一下，却不想那个男人连承认的勇气都没有，心中气不打一处来，愤愤道：“没想到公子连承认的勇气都没有，我不想再看到你了。”

假的灵微道长赶紧拉住要离开的郑雪南，说道：“妹妹莫要生气，我替你做证，确实是他欺负了你，我替你教训他。”

郑雪南为灵微道长的突然到来感到诧异，也不高兴此番情感被人窥视，便说道：“姐姐明里说要抄经书不来，原来竟在暗中监视我俩。”

假的灵微道长赶紧圆谎，说道：“妹妹莫要生气，姐姐此番来是……”她本可以拦住郑雪南，却故意让她走，而柳九晟眼见一桩美事被灵微道长搅黄，冷冷道：“灵微，你的妒忌之心太烈了，气煞我也。”

柳九晟慌忙去追郑雪南，原本也可以追上，可是白蛇故意捣鬼，设下迷障，导致两个人越走越远，没有给他解释的机会。

三

回到乌舍庵的柳九晟，在竹林四处寻找郑雪南，却不见她的踪影，这时灵微道长正好与柳九晟撞见，她问道：“柳公子，怎么，郑姑娘没和你一起回来吗？”

“灵微，你今天在青溪亭让我很失望。”

“什么？我今天没去青溪亭，我一整天都在乌舍庵抄经书。”

“你不承认是吧？”

“发生什么事了？我告诉你，柳九晟，你可把我气到了。”

“我气你？你就是在长生阁养成的恶习，撒谎都不脸红。”

“柳九晟，你混蛋，不要再给我提什么长生阁，不然我就再也不理你了。”

柳九晟故意又说道：“当年长生阁的头牌采采姑娘，如今的灵微道长，昔日红遍整个江南，多少人拜倒在你的石榴裙下，多少人为你一掷千金……”

没等他反应过来，灵微道长一巴掌便打在了柳九晟的脸上，她的眼泪夺眶而出，她抬起衣服的一角，一掌砍成了两半，绝情地说道：“你我二人的情分，便如这衣裳一刀两断，从此以后，再不相见，你也别再来乌舍庵找我。”

此时柳九晟却突然感到愧疚，他转身追上灵微道长，说道：“灵微，对不起，我不该提长生……我再也不提从前那些事儿了。”

灵微道长看他认识到了错误，心底的怒气也减了一些，说道：“我灵微做事光明磊落，说没去青溪亭，就是没有去。”

柳九晟明明亲眼看见了灵微道长，还说了话，他心生怀疑，便问道：“灵微，你家可有和你长得一样的妹妹？”

“没有，灵微自小父母双亡，孤苦伶仃，哪里来的妹妹？”

柳九晟疑惑未解，于是说道：“灵微，走，我去看看你今天抄的经书，坐下来好好谈谈。”

灵微道长平复了心情，领着柳九晟走进了洞府，只见洞府内，比先前明亮了许多，原来是里面点了灯。

桌子上，一卷卷经书整齐摆放，柳九晟拾起经书，娟秀的字迹，灵动的小楷，让人舒心愉悦，不得不赞叹灵微道长的书法美妙，他读着《抱朴经》：“山中山精之形，如小儿而独足，走向后，喜来犯人。人入山，若夜闻人音声大语，其名曰蚑，知而呼之，即不敢犯人也。一名热内，亦可兼呼之。又有山精，如鼓赤色，亦一足，其名曰晖。又或如人，长九尺，衣裘戴笠，名曰金累。或如龙而五色赤角，名曰飞飞，见之皆以名呼之，即不敢为害也。”

灵微道长仔细回想着发生的一切，忽然想到了白蛇，她笑着大声说道：“蛇妖，是蛇妖！”

她突然放声大笑令柳九晟感到诧异，忙过去扶住灵微道长，问道：“灵微，你怎么了？莫不是中邪了？”

“柳公子，我明白了，是白蛇搞的鬼，今天你们所见的灵微，定是那白蛇变的。”

“白蛇？”一提到白蛇，柳九晟便回想到小小的墓圈石刻上的白蛇，脑袋像被人瞬间击中，身子也倾斜了一下，说道：“灵微，你确定是白蛇？我一定要找到她。”

“柳公子，那白蛇诡计多端，你又不会武功，可要当心，千万别去找她。”

“不，我要找到她，她是唯一可以带我回去的人。”

“你发什么疯，说什么胡话啊？我们当务之急是去找郑雪南，千万别让那白蛇害她。”

柳九晟忽然想到还有郑雪南没有找到，心生愧疚，说道：“对，我们先去找郑雪南。”

两人走出洞府，到了乌舍庵，却见阿牛和碧珠，采买了粮食和衣物回来，两人十分高兴，一看到柳九晟，那阿牛便兴奋得手舞足蹈，说道：“公子，今天我和碧珠去逛了一趟集市，太热闹了，庙会、美食、杂耍，可比我们柳州城热闹得多。”

柳九晟却怎么也高兴不起来，他沮丧道：“碧珠，阿牛，今天我和郑姑娘去青溪亭赏荷，把她弄丢了。”

一听到郑雪南不见了，丫鬟碧珠便呜呜哭了起来，她生气道：“公子，你那么大个人，怎么就守不住小姐？！”

“我和她发生了争吵，她跑走了，岔路太多没有追上。”

“你们两个人相处，你就不知道哄哄小姐？她不见了，你让我怎么活啊？”说着又呜呜哭了起来。

阿牛安慰碧珠说：“碧珠，先别着急，公子会有办法找到小姐的。”

碧珠愤愤道：“无论怎么说，你家公子都要还我毫发无损的小姐，不然碧珠一辈子赖着你家公子讨要说法。”

灵微道长说道：“大家安静下来，我们商讨一下对策，然后分头去找雪南妹妹。”

柳九晟也说道：“我想郑姑娘应该走不远，我们先在方圆十里找人，看看有什么集市、村落、驿站等，然后分头去打听。”

大家展开一张舆图，以青溪亭为中心，然后分析四个方向，从南到北不太可能，因为从南到北正好是青溪亭通往乌舍庵的道路，道路也只有一条；

从青溪亭向东50里，则有凤鸣驿、黑水镇两处可以落脚，而灵微道长熟悉道路，便决定由她向东一路打听；青溪亭向西50里则要途经明月客栈、柳州城，而阿牛熟悉道路，于是柳九晟安排阿牛和碧珠一同出发去寻找线索；青溪亭向南50里，则要途经蜀江古镇、安仁坊、听雨轩，此方向则由柳九晟去寻找线索。

丫鬟碧珠不解地问道："公子，听雨轩，想必是个亭台楼阁的名字，可能连个住宿吃饭的地方也没有，这样的小地方也列出来？"

灵微道长说道："碧珠，你可真是不谙世事，那听雨轩，吃饭喝酒，笙歌舞乐，弹琴说戏什么没有？"

"啊，那是个什么地方啊？"

阿牛补充道："就是……青楼。"

"呸呸呸，这样的地方，我家小姐才不会去！"

柳九晟说道："总之，每个地方都不能忽略，我们要尽快找到郑姑娘，为了找到郑姑娘，那里我也要去一趟。"

众人惊掉了下巴，异口同声"啊"了一句，没想到他要去逛青楼找郑姑娘。柳九晟解释道："郑姑娘心思单纯，未经世事，只怕被人骗了，我们不要耽搁时间了，赶紧出发吧。"

四

郑雪南终于脱离了白蛇设下的幻境，一路向南，到了一处名为"白沫"的小镇，她这几日住在这里，暂时也忘记了心底的不快，愉快地在白沫镇闲逛，这时正乘兴坐上游船，感受绿水映照下的小镇倒影，感受夕阳下的金河暖意。

正逢小镇举行"南酒品宴"节，南州太守魏让亲自主持，街上人头攒动，桥上游人如织，在一侧高台上，魏太守宣读《品宴记》："今于白沫举行南酒品宴，诚邀四十二户酒家，一较高下，得胜者，颁发'天下第一南酒佳酿’牌匾，并诚邀海内士子现场作诗，卓绝者，由南州衙门颁发‘南州第一学士’令牌，赐钱千贯，有失敬学士者，以违令论。”

魏太守宣读完毕后，一时间鼓乐声动，热闹了起来，许多酒家纷纷奉上自家酿制的美酒，供品酒官品尝，期望能拿下“天下第一南酒佳酿”的牌匾，而众多学子，也各自找到了一张书桌，准备好了笔墨，只等考试的香点上，便要开始挥毫创作诗文，期望能获得“南州第一学士”的名头。

人群里议论纷纷，有人说：“南州东坊的宋氏酒庄，上次卖假酒以次充好，不知道是怎么混进来的？”

“你看，南州横街的余氏酒家，酒不怎么样，围观老板娘的少年可真多。”却忽然听得另一人讥笑着接过话茬儿道：“醉翁之意不在酒，在老板娘也。”

另一人说道：“吴无忧的酒庄，本来就不是我们南州土生土长的，他才来南州开酒坊多少年，竟然也好意思来争牌匾。”

“看好了，我这酒叫作‘醉白’，是世间少有的精酿！”循声望去，那女子模样白皙，脸庞带着浅浅的酒窝，一袭长发垂肩，飘逸动人，似乎是来自天上的仙姑，她在一堆酒类器物中，倒下那洁白如水的酒，让在场的群众无不惊讶，世间真的有这么好的酒？

大家看到了她的酒坊招牌，名为“白双双酒家”，人们被这忽如其来的招牌弄得有些不明所以，好像记忆里并没有这个酒家字号，但她又确实在参与“南酒品宴”的名单里。

一旁等候多时的学子们，眼见一群品酒官东走走西看看，却仍然没有选出哪家的酒该得“天下第一南酒佳酿”牌匾，因而也不能开展诗歌创作，不免有些着急，纷纷叫嚷道：“酒官大人，你们什么时候才公布‘天下第一南酒佳酿’牌匾啊？席都开了好几十桌了，我们苦等了这么久，肚子都饿得咕咕叫了。”

他们只得赔礼道：“南州士子们，请稍等，马上就评出来了。”

品酒官原本已经拟定由余氏酒家获得“天下第一南酒佳酿”牌匾，不想品完最后一款“醉白”的酒，许多品酒官纷纷表示赞扬，他们从来没有见过那么白、那么浓烈的酒，完全碾压余氏酒家，尽管之前魏太守已经知会过，但大多数人依然坚持公正，给“醉白”投了支持票，这不免让揭晓名单的官员有些纳闷，于是走到太守面前嘀咕了几句。

魏太守接过品酒官递过来的“醉白”，轻饮了一小口，瞬间感觉整个身子都要飘起来了，他哪里喝过那么好的酒？可是在饮完之后，他又想起了给余氏酒家老板娘的承诺，于是他细细查看递交上来的相关美酒名目介绍，看完他心中一喜，便吩咐道：“把白双双叫到本官面前来。”

白双双简直就像是下凡的仙女，她的步态美妙婀娜，眼神里泛着星光，她一出现，就吸引了无数双眼睛，魏太守眼见如此一个美人儿出现在眼前，竟也想干脆就把今年的牌匾颁给她！

可是余氏酒家的老板娘余璐璐，也已经随着白双双走到了太守眼前。魏太守问道：“白双双，你这酒是自家酿的？”

白双双给太守行礼后，答道：“白家世代酿酒，至今已有两百年了，不敢欺瞒大人。”

太守继续问道：“你今天给众人喝的酒，储放多少年了？”

白双双继续答道：“回大人，此‘醉白’酒，储放一年有余！”

魏太守呵呵一笑，然后说道：“白双双，你可知参加南酒品宴的要求？告文里写得很清楚，所有的酒家，拿出的至少要是储放三年的好酒，才有资格参评！”

“大人的意思，是我的‘醉白’，今天没资格参评了？”

“正是，从参评资格上就已经落选了。”

白双双心里不服气，说道：“大人，我还有储存十年以上的‘飞霜’酒，今日可否拿出来再比？”

这时，余璐璐却不乐意了，她气愤地说道：“姑娘，你既以‘醉白’来参评，且已落选，怎么能再拿出另一种酒来参评？你以为南酒品宴，是专为你设的？”

一些群众也开始附和余璐璐，但是白双双接着说道：“大人，这次南酒品宴，我是以白双双酒家报的名，每个酒家都是以酒家报的名，你们并没有规定一个酒家只能拿出一种好酒来比，我白家美酒很多，各不相同，因而恳请大人给个机会。”

这时人群里走出一个英俊公子来，竟是柳九晟！他说道：“白姑娘说得在理呀，大人，既然是以酒家来报的名，每个酒家酿出的各种好酒，都有资格参评。”

人们也开始附和柳九晟，纷纷说道：“酿出好酒不容易，大人，给她个机会吧。”

“给她个机会吧。”人们开始异口同声地支持白双双。

魏太守摸了摸胡须，不敢引发众怒，于是说道：“这次，姑且允许白双双家的‘飞霜’参与，品酒官可记住了，下次这个规则得改，每家只允许一种酒参评！”

众人应和了一声，纷纷期盼着白双双捧出“飞霜”来，气急败坏的余璐璐，连摊子也不收了，委屈地哭着跑回了自己的酒家。

白双双与柳九晟长久对视着，似乎两人曾经相识，这一幕却引得群众中女扮男装的郑雪南吃了醋，她没有想到，这才几日不见，公子和白双双竟搭上了线，两人看着好像有一种“相见恨晚”的意思。眼见柳九晟迟迟没有接住白双双递过来的“飞霜”，似乎眼睛和心思全在白双双身上，郑雪南便挥动扇子闯了进来，讽刺道：“你们两人搁这儿魔怔了？到底还品不品酒了？”

一些读书学子也催促道：“大人，什么时候轮到我们开始写诗啊？”

听到郑雪南的声音，柳九晟欣喜异常，他转身看了郑雪南的一身打扮，但人太多又不好拆穿她，于是压抑住情绪回揖了礼退到一边，只是眼里就只盯着郑雪南了。

柳九晟、魏太守、品酒官以及群众等人，在喝完“飞霜”后，都纷纷竖起了大拇指，于是魏太守整理了一下衣冠，将白双双酒家填入文书列为第一，向众人宣读道："从酒色、窖藏、口味等多轮品鉴，特将'天下第一南酒佳酿'牌匾颁与白双双酒家！"

群众听闻，纷纷鼓掌欢呼，称太守圣明！而这时魏太守又着手另一轮比试，说道："即刻将'飞霜'好酒给南州学子品尝，依据品尝美酒感受，进行写诗竞试，击乐点香，开始！"

众学子跃跃欲试，欲要用上平生所学，以写出精彩绝伦的诗句，而柳九晟注意到郑雪南也报名参加了现场作诗大会，于是拍了一下她的肩膀，说道："郑公子风流倜傥、英俊潇洒，在场上一定要好好表现啊。"

郑雪南知道他是打趣她，白了柳九晟一眼，然后走入了大会考场，开始研磨写诗。而柳九晟则赶紧在镇上寻找一家客栈住下，不想竟意外地和郑雪南选在了同一家客栈"守拙轩"，他又借来了笔墨，写了几封书信，向一众朋友说明他已找到了郑雪南，报了平安。

白蛇玄素洞悉南酒品宴上的一切，转身化作一位美人儿，悄悄跟随在余璐璐身后，走进了余氏酒家，眼前的酒庄古朴简洁，青瓦红墙，前后三进的院落，瓦罐陶瓷随处可见，不少人忙前忙后，余璐璐此时正躲在房间里委屈地顾影自怜呢，她听得门外丫鬟禀报："夫人，外面一位自称白玄素的姑娘求见，听说是江原县卖酒的，要和夫人讨论酿酒的事。"

"不见！今天什么人都不见！"余璐璐气愤地说道，责备丫鬟不懂事，她梳着自己的头发，瞧着自己惊艳的容貌，拿着自己亲酿的美酒，开始独酌图醉，可是过了没多久，又听到丫鬟说道："夫人，这位白姑娘说她有酿酒秘法想亲传夫人，保证胜过白双双酒家。"

听到"白双双"的名字她就来气，半路冒出来的白双双，竟抢了她酒庄的风头，一听说有酿酒秘法可以超过白双双，心中不免充满了好奇，想要一探究竟，若酿出的美酒果真能胜过白双双，那白双双即使拿了那个牌匾，也只是搬起石头砸自己的脚，好的口碑难道不是老百姓给的吗？她赶紧说道："你即刻招呼客人到水榭一坐，我马上过去。"

抹了抹眼角的泪痕，又精心打扮一番，余璐璐开门往水榭奔去，此时白玄素已经在水榭品了一会儿茶。余璐璐赔礼道："白姑娘，刚刚我在处理酒庄的事儿，来得迟了，实在不好意思，让你久等了。"

白玄素起身回礼，笑道："余老板操劳酒庄各种大事，还能抽出时间与我闲聊，我已经感觉三生有幸了。"

两人相互寒暄一番后，白玄素接着说道："余老板亲酿的美酒，理应是今年的'天下第一南酒佳酿'，奈何中途冒出个白双双，致使您丢失了牌匾。"

"以前从未听说过白双双酒家，直到今年告文公布参品酒家，我才略有注意，心想她名气不大，没有机会在南州和我竞争，没想到，终究是大意了！"余璐璐叹息说。

白玄素说道："白双双家酿出的酒，从选料、制曲、发酵、陈酿等，都做到了细致精心管理，但她家的酒我也会酿。"

余璐璐问："白姑娘莫不是和她曾是一家？我余家清白传家，从来不窃取别人的秘方。"

白玄素不再卖关子，笑道："非也，我来并不是盗卖秘方给您，而是告诉您，我有另外一种酒的制法，保证完胜白双双酒家。"

余璐璐在品尝白玄素递过来的一小瓶酒后，瞬时神清气爽，这滋味从舌头爽到全身，这种酒比她酿的酒不知道要好上多少倍！

"这是什么酒？爽而不腻，太好喝了！"

"一种用石饴酿造的酒。"

"石饴？石饴制法难吗？"

"只要余老板按照我说的方法来，不出半个月就可以酿出，到时候您的酒庄定然门庭若市。"

考虑了一会儿后，余璐璐爽快地答应道："没问题，白姑娘有要求尽管提。"

白玄素说道："如今南州这些酒家，参差不齐，我想余家这次酿出的酒，一定能惊艳世人，到时候还要酿出数百种超越'飞霜'的酒来，然后再由余老板出面，开一个‘南州千酒大宴’，彻底击垮白双双的自尊心。”

“有白姑娘相助，此事定是如鱼得水。”余璐璐牵着白玄素的手，她哪里知道自己正在亲近的人，其实是一个蛇妖。接着吩咐仆人道：“给白姑娘奉上我余家最新研制的茶酒，一起品品。”

“茶酒？”

“就是取江原县天台之境的茶叶和酒一起酿制的，这种酒千杯不醉。”

两人欢颜对谈，接着白玄素说道：“余老板可知道今天参加现场作诗大会的学子中，混进去了一名女子，若太守将‘南州第一学士’头衔给了她，那可要出糗了。”

“还有这等事？”余璐璐不敢相信，她心里念着魏太守，尽管太守没有把牌匾颁给她，可是如果魏太守因为这件事被免官或者调任，她在南州的酒庄生意也势必会受到影响。

旁边仆人过来报告道：“夫人，南州现场作诗大会刚刚已经敲锣结束了，夫人要不要过去看看？”

余璐璐气愤道：“滚滚滚，我知道了。”

白玄素知道余璐璐的气还没有消尽，温柔提醒道：“不一会儿‘南州第一学士’结果就将出来，夫人还是尽快去看看吧，若去得迟了，太守弄巧成拙，可就晚了。”

“白姑娘，混进去的女子叫什么名字？”

“郑雪南，就是那位为白双双酒家打抱不平的柳九晟，柳公子的未婚妻。”

“这对夫妻胡乱搅局，真是让人糟心的一对。”

“郑雪南精通诗词歌赋，南州士子估计没几个能比得上的，我想，这会儿可能都开始写告文了。”

余璐璐再压抑不住情绪，说道：“白姑娘且稍待休息，我去去就来。”于是便带上几个家丁壮胆，走在路上心里还盘算着如何揭穿郑雪南是女子的身份，又不能让太守过分难堪。

五

退隐南州的翰林大学士苏重，如今已经八十多岁，他虽然头发斑白，但看起来仍然十分矍铄，南州举行的现场作诗大会，便是由他作为主考官进行打分评判，他拿起一份学子的诗卷爱不释手，只见其中写道：“一抔如南山，永乐此西宫，天朗丘陵气，川流三江风，奠椒回思处，瞻楷无言中，千载饮酒者，水源味本同。”

可是，等他翻看到另一位学子的诗句，更加震惊了，只见那首诗写道：“天如不爱酒，酒星不在天。地如不爱酒，地应无酒泉。天地都爱酒，爱酒不愧怍。三杯通大道，一斗合自然。但得酒中趣，勿为醒者传。”几位考官相互传阅后，都对这首诗赞不绝口。

一堆考卷上，“郑雪南”三个大字清秀娟丽，字迹也格外让人舒服，苏重老先生整理一下衣冠，心里已经有了答案，向众人宣读道：“今日现场作诗大会，一共 109 名学子报名，实际参加者 95 名，经过几位考官评定，南州学子郑雪南，高才壮采，阐幽显微，实乃百年奇才！他的诗作言有尽而意无穷，当属上品，我等最终决定，将其列为第一，定为‘南州第一学士’！”

郑雪南被众多学子推到中间，有些惶恐地来到了苏重老先生面前，行了大礼后，就要接受由魏太守颁发的告文邸报，然而人群中，却听得一人喝道：“牝鸡司晨，雌雄不分，我反对！”

众人都将目光投向了余璐璐，看她要说些什么。这时，白双双却嘲笑道：“余老板，你酿酒不行输掉了比试，我劝你安分点，别闹事！”

余璐璐却反驳道：“哟，我当是谁呢，才得了个牌匾，就当真以为自己是‘南州第一酿酒大户’了？”

这时，人群开始议论纷纷、指指点点，苏重老先生出来说道：“余老板，我们南州人向来敬重你，就是看你诚信经营、与人为善，你输掉了今天的南酒品宴，老夫也着实感觉可惜，但是南州士子郑雪南，是凭借实力赢得了比试，你又何必为难这位学子呢？”

余璐璐不屑地望了苏重一眼，骂道：“老东西，你老眼昏花了吗？我就让你看看她的真面目！”没等郑雪南反应过来，余璐璐便已经摘掉了她的头饰，她的秀发顺着肩膀垂了下来，吓得她花容失色。

大家无不惊叹、震惊，苏重老先生愣在一旁，郑雪南扫视了大家一眼，然后道歉道：“对不起，苏老先生，对不起南州父老，我让大家失望了！”

余璐璐说道：“苏先生，魏大人，今日是我故意刁难吗？我若来得迟了，你们将‘南州第一学士’评给一位女子，岂不成了千古第一笑话了。”

然而人群里却走出了一位公子，正是柳九晟！给魏太守、苏重老先生行礼后，他说道：“太守大人，苏老先生，我认为，郑姑娘凭借自己的诗词实力赢得这一令牌，颁发给她并没有什么不妥，试想我们当今太学府的国子祭酒赵良娣大人，不就是个女子？”

余璐璐反驳道：“赵良娣大人学富五车、风华绝代，又曾是皇上的启蒙老师，天下只有其一，再无其二，试问郑雪南怎么能和她比？”

魏太守这时有些为难了，他不想将“南州第一学士”颁发给郑雪南，又不想得罪人，便严肃地说道：“苏老师，您见多识广，德高望重，这场作诗大会原也是您一手筹划操持的，请您做个决定，学生遵从便是！”

苏重老先生思索了一会儿，然后又将目光投向了大家，才说道：“此次现场作诗大会，本就没有规定只允许男人参加，只要是有才华的人，写出的诗歌能被众位考官认可，都可以受封‘南州第一学士’，老朽以为，郑雪南是我们南州当之无愧的第一学士！”

众人听完，纷纷拍掌，特别是众多姑娘，有的甚至要掉下泪来。令魏太守没有想到的是，苏老师竟然顶住了压力，仍然要将学士头衔颁发给郑雪南，魏太守心里后悔自己判断失误，心里却有些不情愿，在告文上迟迟不肯下笔落印，这时苏重老先生拍了拍魏太守，知道他担心什么，宽慰道：“你放心，我定将此事原委奏明圣上。过段时间，圣上西巡，我便带你一起去见我那学生叙叙旧。”

魏太守叩头拜谢，虽然他和皇帝同样都是苏重老先生的弟子，却从来不敢道破这层关系，生怕皇帝怪罪，如今有苏重老夫子亲自牵线搭桥，升官发财还不是指日可待？于是说道：“老师的决定，便是金口玉言，学生哪敢有不遵从的道理？学生即刻张榜全城告之。”

令余璐璐没有想到的是，她竟然不知道苏重老先生是魏太守的老师，更不知道他还是当今圣上的老师，她明白此次惹了大祸、跌了跟头，慌忙赔礼道：“苏老先生，实在对不起，我也是担心郑雪南女扮男装赢得了‘南州第一学士’的令牌，将来一旦被揭穿，上头怪罪到您和魏大人，所以才急切地赶了过来，刚才我有失分寸，还望老先生别和我这妇人一般见识！”

苏重老先生心有不悦，但也没有和她计较，说道：“余老板专心酿好酒，诚信经营，天塌不下来，将来你家酿的酒不好喝，那我可就去别家喝了。”

听到苏老先生这么说，余璐璐心里倒舒服了许多，高兴地宣布道：“苏老先生、魏太守筹划南酒品宴，操劳辛苦，让我等大饱眼福、大开眼界，我宣布邀请南州学子和百姓，到我余氏酒家免费吃晚宴！”

众人欢呼雀跃，纷纷簇拥着苏重老先生、魏太守、郑雪南、柳九晟等人，往余氏酒家走去。到了晚上，余氏酒家庄园内，灯火如昼，余璐璐还邀请了南州各地多才多艺的戏班，演奏节目助兴，让原本冷清的余氏酒家一时间热闹非常。

月色皎洁，流水映灯，柳九晟与郑雪南感受着满园的酒香，眼望台榭旁的流水，两人阔别多日，终于有机会说上话，柳九晟道：“郑姑娘，对不起，我欺骗了你！”

“欺骗我什么？是青溪亭那件事吗？我早就原谅你了。”

柳九晟听了有些欣慰，说道：“不是那件事，其实……其实我就是柳九晟！”

“柳九晟？！你是柳九晟？！呃……你竟然是柳……柳公子！”

“对，我是柳九晟，是世人眼里风流成性、赌博成瘾的败家子。”

郑雪南愣住了，久久无法相信眼前的事情，过了好一会儿才问道：“和你相处的这些日子，我看你也不像别人说的那样。”

柳九晟又不能告诉郑雪南，其实他是二十一世纪穿越过来的现代人苏默，只得圆谎道：“这事说来话长，我去青楼，其实是想找到我失散多年的妹妹，我那妹妹从小体弱多病，不幸与我们走散，我几番调查后才得知一位宋员外收养了她，不想后来宋员外家遭变故，妹妹便被人卖到了青楼，此后就失去了音讯，所以我去各地青楼和赌场，其实是打听消息，想早日寻得妹妹，一家团聚。”

郑雪南叹息道：“哎，你妹妹真是可怜。”接着又问道，“你找到她了吗？”

“没有，周边几个县城的青楼和赌场我都去过，然而一点儿有用的线索也没有。”

郑雪南宽慰道：“别着急，慢慢来，你妹妹吉人天相，也许她早就离开了青楼，嫁了一户好人家了。”

“但愿如此吧。”柳九晟舒缓了一下气息，然后说道，“哎，不想那些了，今夜月色迷人，我们多走走吧。”

“嗯！”

柳九晟和郑雪南解开了心结，两人行走在酒庄里，诉说着各人这段时间的经历，走着走着，柳九晟悄悄地握住了郑雪南的手，他说道：“即使我们没有婚约在身，遇到了你，我也只想和你在一起。”

郑雪南道：“不管你在别人眼里什么样，在我这里永远都是正人君子，不管别人说什么，如何评价你，我都愿意和你在一起。”

“谢谢你的厚爱，我何德何能，可以赢得你的爱？”

“我跟着我的心走，在我心里，已认定了你。”

“我觉得你的这颗心，是世界上最美丽的存在，尽管你外貌也很美丽。”

“我的外在和内在，都为你闪耀着光芒，不为其他人，都只属于你。”

“你的美如荒林覆雪，如夕阳照山，如万物复苏，如花开人间！”

“我哪有你说的那么好！”

两人心灵交融，相拥在一起，却突然被人打断，来人不是别人，正是灵微道长。柳九晟问道："灵微，怎么又是你？"

灵微道长说道："柳公子，我向东找不到郑姑娘，担心你的安危便来寻你，路经此地感觉妖气冲天，一路探过来，不想竟然碰到了你。"

郑姑娘收住了内心的羞涩和惊讶，牵起她的手说道："姐姐来了，真令人高兴，今晚我们好好聊聊。"

听了灵微的解释，柳九晟知道自己误会了，心里有些过意不去，赔礼道："对不起，灵微，我和郑姑娘，让你费心了。"

灵微道长说道："公子肯千金为我赎身，这恩情无以为报，我唯一能做的，就是尽量保护你的安全。"

白蛇其实就藏身在院里的池塘，她窥探到灵微的气息，不敢施计祸害人，只得寻找一处洞穴慌忙逃走，灵微道长感觉到妖气越来越弱，猜到蛇妖已经遁走，便不再去想寻妖的事情，和郑雪南高高兴兴地手牵手往院子深处走去。

六

灵微与郑雪南相处数日后，才回到乌舍庵，柳九晟和郑雪南同游南州附近的"竹海岭"后，已经十分疲惫，二人也无心再逛南市夜景，便早早地住进了旅店，白蛇藏身于南州的汉安桥下，对二人的行踪了如指掌，她随手幻化出一张白纸，写上了几个特殊的字符，字符穿破窗户飘入了柳九晟的房间。

柳九晟听到动静，点燃了房间的烛火，经过几番扫视，才发现地上的白纸，当看到白纸那一刻，他全身如触电一般，十分震惊又惊喜，这白纸柔滑白皙，只有二十一世纪才能造出来，他回忆起往日自己是二十一世纪的记者苏默，曾在如南州一样的小镇，参加各种各样的活动，住宿在跟这里一样的小镇上，不由得感慨万千，他拿起白纸，那白纸上又闪现了一些模糊不清的字，写着“我是白蛇，只有我能带你回到你的世界，想知道答案，南河桥畔的‘白州园’相见！”

另一间房间里，郑雪南依然没有合眼入睡，她还在回想白日同游“竹海岭”的事情。柳九晟走出房间，看到郑雪南的房间没有灯火，以为她已经睡了，心里也放心了许多，于是提灯往白州园赶去。

灯火如昼，小镇上仍不时有叫卖声，还有不少的人在夜饮，远远地就能看到一个漂亮的女子，站在一棵老树下，夜晚将她的倩影照得更加美丽梦幻。

走近见到白玄素那一刻，柳九晟有一种似曾相识的感觉，女子眼神里带了几分温柔，显得十分曼妙动人。他问道：“你说可以带我回到二十一世纪，难道你是墓圈上那条白蛇？”

“对，我是那条白蛇，这个世界上，也只有我知道你的事，这段时间，想必你很寂寞吧？”

“对！非常寂寞，我只后悔，当初不该多看你那几眼。”

女子呵呵一笑，显得十分低落，说道：“其实，那一切，都是因我对你深情才产生的，怪不得你。”

“这话怎么说？”

女子眼睛里有泪水涌出，答道：“苏默，许多人都不懂你，可是我懂你，虽然我是个蛇妖，是被封印在墓圈上的白蛇，但我见到你的那一刻，你知道我有多欣喜吗？”

柳九晟感到十分震惊，他没有想到，这个白蛇竟然是自己的一个爱慕者，尽管白蛇很漂亮，然而他无法忘记自己心中爱慕的女子，就如阿难无法忘记摩登伽女一样，他说道：“对不起，我已经有喜欢的人了。”

“你喜欢谁？难道是郑雪南吗？还是你二十一世纪的女友邢瑶？”

“我喜欢雪南。”

白蛇冷笑了一番，然后说道：“苏默，你还想不想回到你的二十一世纪？如果想，我劝你忘记郑雪南！”

“我和郑雪南两情相悦，为什么要忘记她？”

“不，你自己想想，郑雪南生活在哪里？她能和你一起回去吗？你又如何面对你二十一世纪的女朋友？”

他觉得白蛇说的也有道理，问道：“白……白姑娘，我有幸遇到了雪南，我感觉是我的福分，我想求你想个办法，让我带雪南一起回去。”

白蛇摇了摇头，流泪说道：“苏默，你要回到二十一世纪，办法是……”没等她说完，忽然电闪雷鸣，白蛇见势不妙，慌忙幻化遁走，留下了柳九晟一人，此时夜空的雨倾盆而下。

白蛇逃到了汉安桥下，忽然又想起自己不该假冒柳九晟私写书信骗郑雪南到南河“十二画舫”相会，万一郑雪南遇到危险怎么办？可是现在只要她离开汉安桥，就会有天雷逼近，她的劫难到了！尽管她不喜欢郑雪南，但一想到郑雪南因为自己而死去，心里又过意不去。

柳九晟回到房间，换了一身衣服，发现郑雪南房间的灯火竟然亮着，又走近敲了敲房门，可是却没什么应声。他推开门，没有见到郑雪南的踪迹，心里着实慌了，赶紧撑伞四处寻找，然而大雨一直下，夜里街市的灯火，也渐渐地熄灭了，他只得返回屋子，等待郑雪南。

当天雷退去，白蛇躲过了劫难，终于蜕掉了身上的蛇皮，恢复了生机，她不敢耽搁，潜到深水中往南河下游去了。

白蛇钻进了宁仙人的屋子，叩倒在仙人面前，哭泣道：“师父，都怪徒儿愚昧无知，害死了郑雪南，求求师父发发慈悲救救她，从此以后弟子再也不胡闹了，愿永远追随在您身边做牛做马……”

宁仙人早已知道真相！他说道：“以前你怎么胡闹为师都纵容你，没想到你不知悔改，竟间接把郑姑娘害死了，真是罪孽、罪孽啊！”

“师父，您法力无边，弟子求您救救郑姑娘，哪怕搭上我的性命我也甘愿……”

他叹了一口气，然后慢慢说道：“事已至此，已无法挽回，郑姑娘已登仙归位，而今唯有补救之法，才能消除你的罪孽！”

白蛇似懂非懂，忧戚地问：“师父，请问怎么补救，才能消除弟子的罪孽？”

“只有你化身为郑雪南，续上柳公子和郑姑娘的姻缘，方能不受天谴。”

白蛇含泪答应，说道：“一切听师父的！”

宁仙人于是挥动浮尘，不知注入了多少的灵力到白蛇的身体，直到将白蛇变成郑雪南后，才说道：“你去吧，记住，任何时候都不得轻易使用你的妖力了。”

白蛇叩头拜谢，深感宁仙人对她的偏爱，内心十分感激地离开了宁仙人的屋子。白蛇刚走，宁仙人便咳出了血。

第二日，已经是雨后天晴，南河虽有浊流奔腾，但汉安桥之美、南河之美、小镇之美、绿树之美，都如一幅生动的水墨画。柳九晟孤独伫立在河边，望不到郑雪南的身影，显得十分低落，然而就在这时，十二画舫渐渐出现，一位美丽曼妙的姑娘，撑着一把伞渐渐靠近了，有人欢呼道：“南州第一学士郑姑娘来了！女‘状元’来了！美丽的女才子来了！”

在众人的簇拥下，郑雪南来到了柳九晟的身边，然后说道：“柳郎，我们可以离开这儿了。”

柳九晟愣在原地，不敢相信这一切是真的，再次确定了这不是在梦里，而是在现实中，才回应道：“去哪里？”

这时，余璐璐和苏重老先生也在，阿牛和碧珠也在，余璐璐说道：“郑姑娘，你在南州多留些时日吧，许多人都想见见你，找你题些诗、写些字。”

苏重老先生也挽留道：“郑姑娘，你就在南州多留些时日吧，我也想组织弟子，把你所作之诗收集起来出本诗集，供众弟子传阅学习。”

郑雪南向大家行了一礼，然后说道：“感谢苏老先生，感谢南州父老乡亲的厚爱，雪南不过是一介女流，我在这里叨扰了大家这么久，实在不好意思，今日，我便要和柳公子离开了。”

柳九晟明白了郑雪南的意思，然后也向大家一一道别，随着郑雪南一行人坐上了船，离开了南州，往辰江镇的方向去了。

从南州乘船而行，一路碧流，青山含黛，秀峰突兀，偶尔有水岸人家，行约数十里，傍晚时分，才至辰江镇，郑雪南一行人上了岸，寻找客栈住宿，最终来到“浅浅客栈”安顿了下来。柳九晟对大家道：“今晚，我们吃完饭可以逛一下小镇！”

一行人点头称“是”，吃完饭高兴地结队而行。正巧，小镇有灯会活动，随着主街而行，小镇到处是拥挤的人群，商品琳琅满目，各地美食、器物、衣服、玩具等应有尽有，行至一棵古老的黄葛树前，只见树上挂满了许多祈福丝带，郑雪南对着大树许愿，然后买上红丝带系在树腰上。

那古树已经是一棵树妖，他喃喃道：“蛇妖向我树妖许愿，真是千年头一遭！”

只听碧珠向郑雪南问道：“小姐，你对着大树许的什么愿啊？”

郑雪南听了，笑道：“愿望不能告诉大家，不然就不灵了。”她拉着柳九晟道，“柳郎，你也来许个愿！”

听到柳九晟要向自己许愿，树妖慌了，他可承受不起柳九晟的许愿啊，赶紧用传音法给蛇妖解释：“姑奶奶耶，你赶紧让你的官人住手吧，我可受不起啊！”

郑雪南转向大树笑了一下，传了音过去道：“老树妖，我警告你别再野蛮生长了，你看旁边那座桥，迟早要被你弄坏！”

树身摇晃了一下，答应了郑雪南的警告，这时柳九晟回答说：“郑姑娘，有你在身边，此刻我已没有什么奢求，其他的都顺其自然就好！”

听到了柳九晟的话语，阿牛感到浑身不自然，对碧珠说道：“碧珠，我们去对岸别处看看夜色。”

“小姐，我和阿牛去河对岸瞧瞧，我们晚上还在此会面一起回去！”

“好，那我们最迟亥时在此碰面！”

阿牛也说道：“公子，你和郑雪南好好聊，我走了。”

“去吧，记住，要照顾好碧珠。”

“知道。”

待阿牛和碧珠走后，柳九晟牵着郑雪南的手，行走在河岸边，他说道：“雪南，我给你念一首诗，如何？”

“好啊！”

“我住长江头，君住长江尾，日日思君不见君，共饮长江水……”

郑雪南说道：“柳郎，此诗虽显浅白，却是一首情意绵绵的怀人词，将痴情的执着写得委婉含蓄，实在是好诗啊。”

“是啊，雪南，可是诗人为什么说日日思君却不见君呢？”

“有的人是不能见，有的人是见不到，有的人是不愿见，无论他们因为什么没有见面，只要大家都生活在这个世上，就无法彻底割裂关系。我想，有时候不打扰，好过相见吧。”

“雪南说得很对，我完全同意。”

柳九晟接着又说道：“我们两个人心有灵犀，那么时时相见，就会让彼此更加愉快！”

“灵犀是什么？”

柳九晟突然被这词语的本义给难住了，他笑了一下，说道：“这意思就是，我和你两个人，就如同水和泥，彼此谁也离不开谁，就是天生一对！”

她听后嫣然一笑道：“柳郎，我也有这种感觉，我和你就像两种鲜花的相遇，看彼此都是那么美丽！”

他拉过郑雪南，抱住了她，感觉此刻天空的星辰，似乎比任何时候都要灿烂，静默的时间在流逝，温暖的夜色在流动。然而当他松开手时，却听见旁边一位熟悉的声音：“柳公子，请你离开这个蛇妖！”

她是什么时候出现的？怎么又在这个时候……柳九晟心里十分生气，喝道：“灵微，没想到你竟然跟踪我们，妒忌竟让你失去了理智！”

灵微道长质问道：“我妒忌什么？我阻止你和她在一起，完全是因为她是个蛇妖！”

郑雪南落下泪来，她确实是蛇妖，但又不愿将真相说出，因为她还没有完成使命，只能对灵微说道："灵微姐姐，对不起，你说什么我都承认，只是我不能离开柳公子！"

灵微道长说道："此刻，蛇妖的毒，已经侵入你的身体，如果你不及时离开蛇妖，那你就只能和蛇妖做一对妖怪了。"

柳九晟一时忘记了他是来自二十一世纪的苏默，他反驳道："不论郑雪南是人是妖，我都要和她在一起，无论代价有多大，我都心甘情愿！"舒缓了一口气，又说道，"谁都不能阻止我和她在一起！"

而另一边，人们终于在一个藏有暗门的地下发现了奄奄一息的苏默，此刻他已被送进重症监护室，他的脸色紫黑，像中了蛇毒，抢救了几天几夜却仍然不见苏醒，各大新闻媒体堵在医院里，期待有新的消息被报道出来。

第四辑 爱域

爱在青葱时代

他是一个失意的人，他不畏艰险爬到上苍脚下问情。

他问上苍："情有没有边界？情是一种交换的东西吗？"

上苍俯视着他微微一笑，对他说："情没有边界，情是一种自然流露，不是一种交换。"

他对上苍的回答很疑惑，问道："既然情没有边界，为什么只有人与人之间才有所谓的情？既然情不是一种交换，那一个人单独的付出也算情了？"

上苍依然微笑，对他说："你愿意变成一只鸽子去体会与人之间的情吗？"他不相信鸽子与人也会有情，他答应道："我愿意。"上苍于是信手一挥把他变成了一只鸽子。

他扇动翅膀飞到了他的第一个恋人身边。她是一位长相并不出众，却精神饱满、知识超群的人。她正坐在阳台边写东西，温煦的太阳照在她的身上，他歇在树上看了她一会儿便打算飞走，可他又心有不舍，他想："就多看一会儿吧，那毕竟是我曾经爱过的女人啊！"

他越看越舍不得飞走，他又想："我曾经发誓不再多看她一眼的，可如今为什么又改变了呢？时间已过去了这么久，为什么心中还隐隐作痛？当初的她曾经在我面前哭过一回，我现在就当着她的面哭一回算是两不相欠了，这样这段情也就结束了。”

他不明白他的哭声如今已是鸽子的哀吟了，他惊动了他爱的人，她看见了歇在树上的他，然而现在在她眼里他仅是一只鸽子，一只会发出哀吟的鸽子，她放下笔走到阳台边上凝望，不禁赞叹道：“好漂亮的鸽子啊！只是他为何发出如此悲凉的声音？是被他的同伴遗弃了吗？”

“这是她的真心话吗？原来她不是一个绝情的人。”他如是想，他想和她在一起，他要立刻告诉她他不恨她，他明白了，他要用一生去保护、呵护她，哪怕她会给他带来太多痛苦，他也要为情坚守到底。

他忙飞到她身边向她诉说一切，说着他流下了眼泪。她很欢喜他飞到自己身边，在她眼里他是一只鸽子，一只流泪的鸽子。她的话他能听懂，他也愿意听，她却不懂他在说些什么，她只是把他当成一只有灵性的鸽子，一只命运凄惨的鸽子罢了，她收养了他。

他现在是一只鸽子啊！有谁听说过人会爱上一只鸽子呢？她对他的照顾无微不至，她喂他吃饭，为他唱歌，为他写字，在她眼里，她做的一切都只是为了鸽子啊！

她写字的时候，他总要捣乱，他想写出那久违了的几个字，奈何他现在只是一只鸽子，这无疑比登天还难，不过他没有放弃，尽管她对他的捣乱行为很是生气，他使她不能正常工作，使她受到上级的严厉批评和同事的取笑，令她颜面尽失，但他依然想写出那几个字。

她打他、骂他，有时甚至想把他关在笼子里，她不再为他唱歌了，不再喂他吃的，她要惩罚他，在她眼里，作为一只鸽子，他的所作所为超出了她的容忍底线。他的呼喊，他的眼泪，换来的是她不理他的冷漠表情。

他练啊练，终于能用嘴巴写出几个很差的汉字，不过他很满意，尽管她把他看成了不自己寻找食物、乞求别人施舍的懒鸽子，只知道乱叫、捣乱的鸽子。她认为遇见他是一种错误，她现在恨他。

他冒着被打、被骂、被关在笼子里的危险也要再一次来到她身边，而她以为他又要捣乱了，厉声骂道："死鸽子，臭鸽子，给我滚远些，你再这样，我就把你烧了，煮了，烹了，炖了，煎了，蒸了，炒了……"

他流泪哀吟了几声，飞到她的手上用嘴轻轻地啄她的手心，不知道这算不算是对她的惩罚，不过她不明白他的意思，她觉得这只鸽子确实与众不同，她对着鸽子说："每天星期六的时间留给你，你想怎么样就怎么样，可以了吧？"

其实她是哄他的，她周末还要陪她现在的男朋友逛街呢。她想让他回到自己的天空去。他欢喜地叫了几声，围着她飞了三圈又停在她的手上，他是多么渴望星期六快些到来啊！她会安排好一切的，他将不会再给她带来麻烦了，他想。他以为未知的惊喜在等待着他。

度日如年，这一天终于到来了，一大早，她给他准备了许多好吃的好喝的。她真的要放飞他了，不管他愿不愿意。他当然不知道她此刻是怎么想的，不过他从她那忧伤的眼神里看得出她还恨着他，她不想在他身上浪费时间。

他享受着她为他准备的食物，他以为他吃过饭后她就会让他练字，到那时他将写出他心中藏了很久的几个字，到那时一切将真相大白，他要做回人，他要重新开始他和她的爱情，可是他的心愿还没说出就破灭了。

她把他带到了户外，她流着泪说："鸽子啊鸽子，通灵的鸽子，你不懂你给我带来的失落和伤心，我没法让你继续留在我身边，虽然我知道这对你很残酷，但是你是一只懒鸽子，只知道睡大觉，捣乱，大呼小叫，我永远也无法原谅你带给我的痛，我不能把我的爱情和事业都毁了，你去追寻自己的幸福吧，倘若遇到一只好鸽子就双宿双飞，我永远都只能是你身边不懂情的看客。"

什么？这是现实吗？我将要向她说出一切真相时她连个机会也不给我？看来，我一直做着那个天真的梦，期待她能懂我的心。他拼命摧残自己的身体，他甚至想把自己摔死，那样就可以从曾经爱她的苦涩和悲伤中解脱了。

"死鸽子，你摔死也没有用，我要追寻我的爱情和事业了，犯不着为了你这么一只不听话的鸽子浪费我的青春和生命。”说完她便掩面转身渐行渐远，淡出了他的视线。

他想：“我还是飞到悬崖边上一下把自己撞死来得痛快。”

他飞到了一处悬崖边上，他已经疲惫不堪，此时太阳也拖着深红的衣裙开始退场了，他孤苦一人，两眼望着晚霞准备最后欣赏一番世间的美，然而上苍不允许游戏就此结束，因为他还不明白上苍关于情的回答。

山脚下一位美丽的女子在辛勤地劳作，她便是他的第二个恋人，如果他没有一时冲动，他哪里还会和他的第二个恋人有后续的爱情纠葛？当他拼命撞向悬崖的那一刻，上苍又微微地笑了。

美丽的女子将要回家了，她有个动听的名字——燕儿，燕儿像出水芙蓉一样天生丽质，她有常人不具备的耐力和信念，偶然的机会她看见倒在血泊中的他，不过他依然是一只鸽子，一只受了重伤的鸽子，是什么让她救一只不懂情的鸽子呢？

他费力睁开双眼，他的双眼布满血丝，这些天来，多亏了燕儿日夜不休的照顾，但是在燕儿心中又怎么能超越人世间的表象，从而知道这只鸽子曾经是爱过她的他啊！由于他拼命撞崖撞坏了脑子，他失忆了，只记得是上苍把他变成了一只鸽子，他也记得其实他是人，燕儿在他心中是一位美若天仙的美女，一个没有受过世俗污染的美女。

燕儿的生活，让他想到了男耕女织的田园生活，他已经厌倦了繁华城市黑暗下的冷漠，他只想找个真心爱他的人和她生活一辈子，不离不弃。他的要求是如此简单，可是每个人又都有各自的生活欲望。那些身边匆匆的过客，根本不懂他的心。

越是理想浪漫、天真的生活，越容易在现实的铁蹄下被践踏踩碎，所以他还是不懂什么是生活，他还是一只需要同情的鸽子。这些天来，燕儿真担心这只鸽子不会醒了，当奇迹发生的那一刻，燕儿不禁泪流满面。

“鸽子醒了，鸽子醒了！”燕儿高兴地乱跳乱蹦，她那纯洁的笑容他一生都记得，鸽子无疑给燕儿单调的生活带来了一丝欢笑。失忆的他哪里知道，燕儿曾经是他爱过的女人呢？也许即使他知道真相，也不会拒绝燕儿救他的。

他就是这样的一个人，他期待他爱过的女人能爱他，那么无论是谁走进他的生活他都可以接受，他愚蠢，他傻，他盲目，他任性，他痴，他天真，他多情。

我也说不清他暗恋燕儿有多深，只是当燕儿出去干活儿不陪他时，他就心如刀绞、度日如年，他能远远地感知燕儿的脚步声，他渴望燕儿干活时能带上他，可是他是一只鸽子，一只只会说鸟语、咕咕叫的鸽子，一只只能听懂人话却不能与人交流的鸽子。

阴差阳错，有一天，燕儿带着他一起出去干活儿，也许是他的表达方式让燕儿明白了这只鸽子，想和她在一起，况且燕儿也不放心一直把鸽子丢在屋子里，鸽子不能长久地生活在缺少阳光的屋子里，偶尔也需要呼吸一下清新的空气，外出活动对鸽子的伤势恢复也会有好处。

燕儿干活儿时，鸽子就目不转睛地盯着她看，久而久之，邻里都知道燕儿养了一只鸽子，一只很听燕儿话的鸽子，小孩子们想把他当宠物养，大人们垂涎他身上的肉，老人们嫉妒他身上的羽毛。

燕儿坐下休息时，鸽子便拍着翅膀，似在跳舞，他还用他动听的歌声来博燕儿红颜一笑，乡亲们一致认为这是只有灵性的鸽子，有时他们还将自己吃的东西喂这只鸽子，也许他们是想摸摸鸽子沾点儿灵气，鸽子也能很轻易地分清乡亲们的友善，并不拒绝他们的垂爱。

他这只鸽子受到的关注无疑引起了鸽群里其他鸽子的妒忌，鸽群里的鸽子讨论道："那只不知名的鸽子，无端侵入我们的领空领地不说，凭什么它能受到人类的爱戴，而我们却要受到他们的驱赶和追杀？"

于是，鸽群召开紧急会议，鸽子们向鸽王纷纷奏道："最近飞来的那只鸽子，不守鸽律，勾结人类，害我鸽群，致使我们鸽群遭受灭顶之灾，求鸽王速速派出鸽将将他抓捕，还鸽群一个太平世道。"

然而一只充当鸽王谋士的鸽子却哈哈大笑道："杀此鸽焉能如此兴师动

众？倘若捕鸽不成，掉入人类设下的圈套，岂不是白白损兵折将。”此话一出，犹如晴天霹雳，当头棒喝，语惊四座。

鸽王问道：“依先生之意，该当如何？”鸽王睁一只眼闭一只眼，显然它想顺从鸽子大臣们的意思，因为鸽群们损失如此惨重，它再置若罔闻而不采取实际行动将使它丧失威信，所以它对这位鸽子谋士有些不屑。

鸽子谋士道：“依愚臣之见，我们晚上去偷人们庄稼地里的粮食，白天就藏起来闭门不出，不飞不鸣，时间一久，让人们误以为是那只最近飞来的鸽子偷了他们的粮食，到时候自然有人收拾它。不过做这件事要隐秘、有耐心，不能让人们发现我们的存在。”

鸽王脸色一变，拍掌大笑道：“好主意，不过我们还得挑选得力干将，诱使那只鸽子进入我们设计好的圈套，制造假象让人们亲眼看见它飞进庄稼地里。”

鸽群都贺道：“大王英明，大王英明。”一场阴谋正在酝酿，那只鸽子终会被人们误解，他们谁也不知道其实鸽子曾经是人，是懂得感情的，是最看重情的痴人。

鸽群们一开始进展不怎么顺利，人们依然会给那只鸽子喂吃的，尽管他们知道他们庄稼地里的粮食是被那只鸽子偷吃的。因为庄稼地里留下了鸽毛和鸽子的脚印，根据猎户们的推测，这里其他的鸽子都被打光了，唯一剩下的只有燕儿养的那只鸽子。

久而久之，就有人说是燕儿养的鸽子偷吃了他庄稼地里的粮食，但这种人还不算很多，燕儿始终坚定地认为不是她养的鸽子偷吃了粮食，因为她一直和鸽子在一起，但人们并不会因为燕儿的辩解而打消这种怀疑。

那只鸽子被人们的种种冤枉和误解深深地伤害了，他想找出真相，他一定要到庄稼地里去探寻线索。

他悄悄躲开众人的眼光飞到庄稼地里一探究竟，但蓄谋已久的几声鸽子叫声给了人们寻找罪魁祸首的机会，原来鸽王早已命令它的鸽将们躲在事先设计好的秘洞里，鸽群们这一计谋的关键就是让人们知道那只傻鸽子真真切切地去过庄稼地，而当人们发现那只鸽子出现在庄稼地里时，一切的怨恨、不满都发泄在他身上，不通语言的解释又是何其苍白？他已没有任何翻身的机会。

人们准备用一切人类的酷刑来对待这只鸽子，但是燕儿不许，她宁愿自己被人们谩骂，被人们谴责，被人们毒打，也要含泪救下这只鸽子，最后人们的慈悲之心救了燕儿，也救了鸽子，燕儿觉得她无力保护好鸽子，在一个夕阳西下的时候，她不得不放飞他。

他忍痛离开了燕儿，离开了曾经爱过他的人们，他飞向天空，上苍归还了他的记忆。

他知道了从前不知道的故事，瞬间感觉自己就是个傻子、疯子，佛曰："空即是色，色即是空。"《红楼梦》里也说："若说没奇缘，今生偏又遇见她，若说有奇缘，为何心事终虚化？"他笑自己的可笑、可悲。

当他从梦里醒来时，只见他躺在一堆葳蕤、蓊郁的绿草丛里，芳草碧连天，似乎将整个大地的真实掩盖。

虽然他仍然是一只需要同情的鸽子，但是他已懂得"情"里激荡咆哮出的真真切切的狂风巨浪。

他沉沦，他醉生梦死，他与芳草为伴，他想一直睡着不想醒来。上苍叹了一口气，于是，他身边的芳草不再是芳草，而是比绛珠仙草更懂得情的生命。当芳草开口说话时，他哪里会知道芳草的风情呢？他有的是一颗"同是天涯沦落人，相逢何必曾相识"的寂寞的心。

"枝上柳绵吹又少，天涯何处无芳草？"偏偏有一天他会离不开身边的芳草，爱就在不经意间产生了啊！他以为芳草只是陪他交谈的仙草，他叫她"芳儿"，他做梦也想不到"芳儿"也会产生人的思绪。

他问："芳儿，你为什么甘心做一棵平凡的小草，在大地的心脏上艰难地呼吸生存？"

芳儿说道："苦命的人儿，为什么你变成了一只鸽子，还不肯放弃你做人时的思绪和爱情？"

他答道：“因为爱得深，思念得痛，所以固执地不肯放弃。”

芳儿笑道：“世人只会嘲笑你傻。既然上苍定好了你的角色，你的样子，你的所作所为就应该与你自身相统一，我是一棵平凡的小草，所以就做小草的样子。”芳儿继续说道。

他问：“芳儿，上苍定了人的角色，为什么不定了人的秩序规律，不定了人的思想和经历？”

芳儿答道：“世界无时无刻不在变化。上苍是最优秀的游戏高手，它为了保住容颜和青春，因此就必须寻找生活的新花样。”

他顿感自己受骗了，急忙问芳儿道：“那么上苍就不会变老？它允许事实的颠倒？它承认天地衍生的万物？”

芳儿答道：“把这一切留给未来吧，也许答案是苍白无力的，时代决定了答案，超越和落后于时代，都会被这个时代的人耻笑。”

他问道：“那就是说，一个问题的固定答案可以是对的也可以是错的了？”

芳儿沉默一下说：“应该是吧，真理也只是无限接近真理，没有绝对。”

他问芳儿道：“上苍给了我答案，它错了吗？”

芳儿轻微一笑似有会意，她说：“上苍没有错，因为上苍把你变成一只鸽子是必需的条件。”

他认为芳儿在为上苍辩解，生气问道：“你本是一棵平凡的小草，为什么又要以人的思维来说服我？”

芳儿答道：“因为你啊，你是一只问情的鸽子，上苍从不对天地万物敷衍，它对天地万物都是公平和负责的。”

芳儿继续说：“你知道吗？天地间不是和平就是战争，不是生就是死，不是晴就是雨，世界就是矛盾的存在，你的爱情只是矛盾的一方面。”

他感到一阵凄凉，诘问芳儿道：“你是上苍派来的说客吗？如果你没有亲身经历一番风花雪月，又怎知爱情里的山盟海誓、天长地久？”

“如果可以，让我先喜欢上你，爱情的考验只会让我更相信上苍。”芳儿答道，因此芳儿和他展开了一场轰轰烈烈的爱情，他们欢笑，他们歌唱，他们幸福地生活在一起。问情的鸽子，也爱上了懂情的芳儿。刹那美丽的爱情，犹胜不解风尘的生生世世。

岁月荏苒，芳儿的心变得复杂，她始终担心自己是一棵平凡的小草，拴不住鸽子的心，万一哪天鸽子不想再待在她身边了，她又如何拦得住他？他是一只会飞向天空的鸽子啊！她开始对上苍产生了怀疑，她悄悄去见了上苍，要求上苍把她也变成一只鸽子，一只像他那样的鸽子。

而鸽子也悄悄见了上苍，他不想变回人了，他想要上苍把他变成一棵小草，他想要和芳儿一起快乐地生活，他厌倦了飞翔，他想找个依靠。

上苍是公平的，它会对天地万物的诉求负责，它问芳草："你真想变成一只鸽子吗？不想再问问鸽子？"同样地，它问鸽子："你真心想变成一棵小草吗？不想再问问芳草？"

他们的回答都是一样："不想。"

上苍想让他们知道真相错了位，所以给了鸽子和芳儿一晚上谈话的机会，但他们都没有谈到彼此的秘密，他想给她一个惊喜，她也想给他一个惊喜。

他问芳儿道："你喜欢我们一个做鸽子、一个做小草的日子吗？"

芳草说："不喜欢。"

他说道："这样的日子马上就会结束了，我们会更幸福地生活在一起。"

芳儿点头，她问他："你难道喜欢我们现在这样的日子？"

他亦说："不喜欢。"

芳儿安慰他道："这样的日子马上就会结束了，我们会更幸福地生活在一起。"

他亦点头，似乎他们彼此明白各自的心意。

上苍满足了他们的要求，把鸽子变成了小草，把小草变成了鸽子，但芳草不适合做鸽子，鸽子也不适合做小草，当他们明白彼此的秘密时，深深地被后悔所包围，芳草似要枯萎，鸽子亦飞向了远方。

对不起，一切都已经错过

一

我读完初三没有参加中考便来到了成都某个郊区找工作，很不幸的是，我的一个老乡同我一起来到这个郊区后就对我撒手不管了。

记得我第一个晚上是在大街上度过的，这座城市说热闹也不是很热闹，说它冷清也算不上冷清。大清早，一个扫大街的阿姨叫醒了我，我仔细一瞧，原来我睡在垃圾池里。

自从我坐上我们村一个破旧肮脏的拖拉机到了小县城，又从小县城搭汽车来到这座城市，再加上我睡在这个垃圾池的一晚，满打满算，我已经有三天三夜没有吃过饭了。

我的父母没什么本事，他们一辈子除了种田种地还是种田种地，说出来不怕你笑话，我尚且欠着那个不知道姓名的司机车费呢，人家白白地拉我到这座城市已是仁至义尽，尽管我坐的是后备箱。我那个老乡在外面打了几年工，挣了几个钱，回到家乡说话都是盛气凌人的，可是到了大城市我才认清他的嘴脸。

在这座城市，我无亲无故，也没有什么资本，因此最初我挣钱的方式是捡垃圾，但是这个城市太过干净，捡垃圾的收入寥寥。

我累了就坐在路边歇一会儿，把垃圾换成钱后，我无比兴奋感激，好歹是我凭借自己的双手赚的钱。那些高级的酒店让我望而生畏，每天我只吃包子，吃最便宜的包子。

我经常去的那家包子店，我忘记叫什么名字了，因为我每次注意的都是一位姑娘，一位美丽的姑娘，她是替人卖包子的一位姑娘，我知道我配不上她。

每次我来到店前，都不主动说话，等她忙完了身边其他人的生意后才轮到我，我目不转睛地望着她，我可能喜欢上她了，她脸上始终都挂着笑，她的笑是那么迷人，当她注意到我时，我会赶紧收回眼神。

“你是买包子吗？”她温柔地说完话后用真诚的眼神望着我，我点了点头。

“那你是坐下吃还是带走？”

“带走。”

“好的，你等一会儿。”

我接过包子，准备离开。在我离开之前，她总是会对我多说一句话，那句话她只对我一个人说，我一直没听到她在其他人面前说过。

“经常来啊！”我转过身后她对我说，我和她一天有三次见面的机会，我有三次都会给她“嗯”的肯定回答。幸运的是我身体一直很健康，然而最近天气变化很大，睡大街绝对不行，长此以往，我非染上病不可。

我找到一个刷漆的工作，我不在乎漆里面有什么有毒气体、有害致癌物质，我在乎的是这个工作能比捡垃圾赚更多的钱，生命在我看来，无所谓长短，关键要看价值。没干多久，我便租了最便宜的一个仓库房，还买了几件便宜的新衣服。

我有很久没有跟父母联系了，他们没有手机，家里也没有座机，他们什么都没有，只有常年甩不脱的病痛，只有一个读书不争气的儿子。

二

刚住进仓库房，我竟然病了，而且还病得不轻，我买了点儿药准备回去。

走在路上我的头很晕，回到仓库房后我陷入了昏迷，昏迷中我到了奈何桥。

不是我不愿过奈何桥，只是正当我要踏上奈何桥时，桥塌了，那剧烈的崩塌声将我从梦中震醒，醒来我发现自己两眼泪水滚滚流，我的眼泪把自己头下枕着的几张硬纸板都打湿了，我全身冰冷，拖着蹒跚的步子出来，夕阳燃烧得比血还红。

回到仓库房，我吃了药继续睡，半夜我被冻醒了，我的脑袋里好像有只蛐蛐在叫，渐渐地那种感觉消失了，我捡回了一条命。

街市上来来往往，车水马龙，我多穿了几件衣服想要出去透透气，天空是那么明净，好像我阔别多年的亲人。

我没有目的地走着，突然想到过几天要交房租，于是我便想快点回到仓库房，我想要开始工作挣钱，我走得很累时，无力地歪坐在路边一个红木椅子上，我走得太急胃有点不舒服，不得不休息一下。在椅子旁边我发现一个废弃的口袋，口袋旁还有几个被人随意扔掉的垃圾瓶，我决定重操旧业。

捡了几个垃圾瓶后，我四处寻找，发现一个小男孩手里竟然拿着三个垃圾瓶在玩儿，他走到我面前时，我痴痴地望着他，我很想让他把垃圾瓶给我，可是我开不了口，毕竟丢在地上的垃圾瓶是无主的。

我眼巴巴看着他离开，那个小男孩走了有十多步，扔下了一个垃圾瓶，我拖着沉重的步子走过去把它捡进垃圾口袋，他又走了二十多步，扔下一个垃圾瓶，我仍然不辞辛劳地走过去捡进了垃圾口袋，他又走了三十多步，扔下了最后一个垃圾瓶，我依旧走过去捡，可是当我伸出手要捡时，却被他捷足先登。

“谁捡到就是谁的。”他对我讥笑一番离开了，我远远地看见他把垃圾瓶扔进了河里，拍拍屁股消失在人海。我那时恨我自己，恨我为何要那么愚蠢地去捡第三个垃圾瓶。

终于，我捡满了一大口袋垃圾瓶，在路上，我经过了包子店，看到美丽的她依然像往常一样，忙着给各式各样的人拿包子，我走过去，看着她，这次我手里多了一大口袋垃圾瓶，许多客人被我的垃圾口袋气走了。

她看见了我，并没有对我恼，而是笑着安慰我说道："我很久都没有看到你了。"

"我病了，所以这段时间没来。"

"哦，现在好了吗？"

"好了，我想跟你说一件事。"此时我非常饿，所以想和她谈个条件。

她沉默了许久，我不清楚她心里到底在想什么，但她终于开口道："说吧。"

"我想今天在你们店里赊个账，等我把东西卖了再付钱给你。"

"原来如此！"她叹了一口气，"我当多大个事儿。"

"这么说你同意了？"

"坐下吧，我请你吃。"不久后，一碗热稀饭被端到了我的面前，还有七个包子，我每次都是要七个包子，她竟然还记得。

那天我比天上叫的鸟儿还要兴奋，她的音容笑貌在我的脑海里变得更加清晰，若能和她在一起，那才叫幸福啊！

三

因为她，我不想再继续捡垃圾度日，我没有多大的力气，搞建筑肯定不行，帮别人背东西还是可以的，所以我花了几十块钱买了一个结实的背篼，专门帮别人背东西，收点小费。

在这个城市里背东西这个活儿，好像只有我一个人做，有时挨别人骂我也无所谓，晚上睡觉的时候我经常感觉腰疼，我费力地给自己背上贴了几张膏药。

有天晚上，我也不清楚那天是什么节日，总之我看见满大街的人都在狂欢，然而越是热闹的场合，越会让我感到孤独，我走到柳河边，看着那缓缓流淌的河水，寻找着我内心的宁静。

我那个装满幻想和期待的头脑陷入了沉思，任凭冷风吹打我的脸庞，我感觉到自己的渺小，感觉到自己的碌碌无为。

在回去的路上，我碰到了她，那个在包子店工作的她，我的那颗心瞬间变热了，她笑着向我招手道："嘿嘿，真巧。"

我也向她招手道："是啊，真巧。"集聚在我心中的阴云瞬间消散。

"我们一起逛逛吧。"我轻声说道。

"好啊，见过这么多次面，却一直都不怎么了解你。"

"你叫什么名字？"我一边走一边问她。

"我叫一树花开。"她说完这句话就看着我微笑。

"你的名字真特别！"我回答她道，不确定的事情我不敢否定，我有些半信半疑。

"这你也信？你真傻、真笨。"

"哎呀，我文化水平低，猜不到。"我有些不知所措。

"记住，我叫满芳。满意的满，芳香的芳。"

"你的名字真好听，一树花开，满芳，真有学问。"

"你来这儿多久了？"我接着又问道。

"三年，再说说你的情况吧。"

"我来这座城市没多久，我住在仓库房……"

她听了我的话陷入沉思，脸上带着悲痛，好像她有无尽的苦难藏在心头。

"弟弟死了，都怪我。"

"为什么怪你？"

"我没有挣到更多的钱，我不能给他看病，他是被病痛折磨死的。"

"这怎么能怪你，你的父母呢？"

“我父母早死了，我至今都记得弟弟向我伸出手时那悲惨的面目，我记得，我都记得。”她说着流下了眼泪。

我没想到她竟然藏着那么大的悲痛，原来她在这座城市也举目无亲，不知道此时她的欢笑里面装着多大的勇气。

日子还像往常那样过着，我心里装着一个秘密，那个秘密在我心里越来越迫切，我每天总是千方百计地多帮人背东西，我想多赚点钱买个有意义的礼物送给她。

四

再苦再累，我也不怕了，因为她对我好，她让我在陌生的大城市里感到了温暖。我相信未来总会改变。

我开始在有空的时候读些书，不知是因为她生意忙，还是因为她很天真自然，她对我一直都是若即若离的。

我越来越期待与她的见面，我甚至一天要去包子店七八次。我想很早结束我的工作，可是那个秘密又驱使我要多工作。

真想每时每刻都和她在一起，我没有勇气，不好意思向她表达爱意，那个开包子店的老板娘非常厌恶我，她恨不得拿起扫帚撵我走。

工作的时候我开始出错，我心不在焉，好几次我背着东西过马路时险些被车撞倒，有次我破天荒地将顾客的东西背到了我的仓库房，还好人家不计较，没把我当贼看。

那种煎熬也许有的人永远也不懂，因为他们根本就没有真心地爱过。有一天我鼓起勇气到了珠宝店，我决定要挑选一枚最大的钻戒送给满芳。

珠宝店老板娘望了我一眼，对我说道：“先生想要什么样的钻戒？我们这儿各种各样的钻戒都有。”

“我要你们店里最大的钻戒。”

“大钻戒都不上档次了，你瞧，这些稍微小一些的钻戒雕工精美，光芒四射。”

我仔细一看，果然如她所说，然而钻戒的价格都太贵了，我顿时脸上有惭愧之色。

“你看吧，想要哪款跟我说，价格我可以给你优惠一点。”

选来选去，我相中的是一款五千二百元的钻戒，但是我身上只有五千元钱，想要老板娘少两百元肯定不容易。

“哎呀，先生你真有眼光，这款是批发价，如今只剩下这一枚，价格万万少不得了。”

“你刚才不是说可以优惠一点的吗？”

“这个是按照批发价卖的，我们已经不赚钱了，等于是免费运货回来卖。”

“少一点，大家都不容易啊！”

“你看五千二，代表‘我爱你’，你把这个五千二的钻戒送给你女朋友，等于把‘我爱你’送给了你女朋友。”

我实在无言以对，我完全不是这个女人的对手。

“老板，少一点。”我低下了头。

“少一百。”

“再少点儿吧。”

“我已经亏了。”

“吃亏是福，你的生意会越做越火的。”

“最多再少一百了。”

“成交。”

我拿着钻戒朝包子店赶去，无论如何，我都要向满芳表白了，憋在心里的话我今天要一吐为快，我要她做我女朋友，我要她和我结婚，我要和她幸福地生活一辈子。

我赶到包子店时，她却不见了，我问包子店的老板娘，老板娘说她也不知道，我不相信她会不和我打招呼就离开。我不相信她会丢下我。如果她都欺骗我，那么我又该相信谁？

“她到哪里去了？”我在内心无数次问自己，我找遍了每一个曾经和她一起待过的地方，最后我失魂落魄地回到了仓库房。她一离开，我也渐渐地对那座城市感到陌生起来，我多想回家啊。

五

为了生存，我继续努力挣钱，没过多久我把一笔钱汇给了家乡的父母，父母说乡亲们都称赞我孝顺，我心里略感欣慰。

从此以后我卖力干活，做事也更加周到，许多小老板都争相让我去做重活，我开始干超负荷的工作，我改变了自己以前的工作标准，无论是搞建筑还是抬钢管，我都愿意做，我出卖的是我的劳力，习惯之后我发现没有什么合适不合适。

钱挣得差不多，我打算回乡下，我挣的钱已经够在农村盖一所体面的房子了。

在那座陌生的城市里，我注定只是一个过客，因为我没有很多钱，买不起城市的楼房，我要与这座城市告别了。

说真的，离开这座城市我还真有些不舍，是它收容了我，给了我生存的空间，是它制造了我和满芳相遇的机会。

最后我透过车窗回望这座城市，不禁泪流满面，在这里，我丢了心。车轰隆隆响，我想多看一会儿这熟悉的街道，熟悉的房屋和熟悉的行道树，但是随着车的启动一切都变得朦胧，直到最后，熟悉的城市化为一个点。不知何年才能与它再见面！我透过车窗望着途中经过的一切，望着那些高大的房屋和穿梭在街上的车辆和人群。

跋山涉水，千里迢迢，我回到了我的家乡，我狼狈地回到了变化很大的家乡。

回到家，我发觉父母老了，我感到很心酸，这辈子，我欠他们太多。没过几天，父母和我商议说要修新房子，因为老房子已经不能遮风避雨了。

辛苦了几个月，我的新房子才算大功告成，父母见房子修好了也非常高兴。

我家三代单传，父母对我的婚事非常担心，他们担心我娶不到媳妇，又担心我娶到的媳妇不孝顺他们，新房子修好没几天，一户人家便来给我说亲。

我满口拒绝，父亲生气地打了我一巴掌，我想我错就错在爱着一个人念念不忘，如果我不是独子，他们可能会看得更开一些。

有些事情身不由己，我无奈地到处去相亲，我无奈地强颜欢笑，做着我不喜欢的事，最后我终于和一个女人结婚了。

我的妻子，她很优秀，不仅人很勤快，而且孝顺父母、团结亲邻。她为我生了两个儿子，带给了我许多欢乐，我几乎要将满芳遗忘。

六

为了儿子，我又到了另一个大城市去打工，我依依不舍地离开了家乡，我看见妻子掉眼泪，尽管我从来没有对她说过“我爱你”，但我知道她爱我，她背着儿子，从蹒跚的公路追着我坐的车，边跑边抹眼泪，我那时真的很感动，也很后悔在家的日子没有好好照顾她，总是她在照顾我。

如果我没有遇到满芳，如果我能放下满芳，那么我的婚姻应该是幸福的，我想想自己做的事，觉得自己是一个罪人！我伤害了爱我的人，我发誓以后要好好工作，为了孩子、父母和妻子。

带着十足的热情我做着许多事，做着所有我能做的事，我把钱按时寄回家里，为了方便，我让妻子在家里装了一部座机，我在外面买了一部二手手机，每次通电话总是我和父母说话的时间多，和妻子说话却很少，我也不清楚我们到底是怎么了。

在外面打工几年，我几乎什么都干过，什么危险都遇到过，我计划在城市里买一所房子，我的想法非常简单，我开始反思自己为何打了几年工却挣不到钱，我把这一切原因归咎于：不敢冒险。

我开始招人，开始带着一群打工仔打拼，我第一次包工一下子赚了两万元，仅仅不到一个月的时间。我太高兴了，决定以后继续当包工头。

不到两年时间我便在某个大城市三环外买了一所房子，并将一家人接到了新房子。

村里的人非常羡慕我，他们有难事会找我帮忙，我有的拒绝，有的不拒绝，毕竟我不是救世主，我只是一个凡人，一个有家庭的凡人，我在花钱方面大手大脚，为此妻子还和我闹过矛盾。

我的两个儿子都不争气，他们很小就沉迷网络、沉迷吃喝，两个儿子变成了胖子，我的妻子保养好，依然美丽，风韵犹存。

有了一点成就，我的欲望越来越大，我开始炒股票，开始做房地产生意，妻子是个老实人，除了偶尔在外面逛街，几乎没有其他兴趣，我的父母最多是在外面打几圈麻将。

我变了，变成了一个现实的人，每次回到家，我说话的声音是最大的，我可以每天开着小轿车到处去兜风，去游山玩水，但我的感情变得虚空。

最可贵的是妻子对我的不离不弃，她始终很爱我。

在妻子的帮助下，我的行为渐渐收敛，我减少了浪费，和父母之间也有了更多的话，我逐渐变得温柔，我喜欢上了在晚上读书，虽然每晚读书不多，可是受益匪浅，我打算开家公司，办些学校。

这些都成了现实，我被各大媒体和商业界推选为成功人士，我的事迹到处被宣传，我懂得了一点儿人生的意义了。

三十多岁，我回到了当初打工的城市，我是带着妻子一起去的，在路上我把当初我和满芳的事告诉了她。

妻子问我碰到满芳会怎么说，我告诉她说假如碰到满芳，我会问她当初为何要不辞而别，我只是想要一个答案而已，我对过去已不再眷恋。

七

当初打工的城市没有多大变化，我开着轿车带着妻子穿过每个熟悉的街道，熟悉的店铺，只是那个仓库房不见了，展现在我眼前的是一栋高级大楼，我们先找了一家酒店安顿下来。

晚上，妻子陪我喝了几杯酒。第二天我起床后时间已经不早了，妻子还在睡觉，我独自一个人出了门，我只是出去透透气，顺便买点东西。

回到酒店我发现妻子嘟着嘴，“你说，你是不是见你的旧情人去了？”妻子责备我道。

“你不要疑神疑鬼嘛，我只是出去走走。”

“真的？”

“当然是真的，我何时骗过你。”

妻子幸福地倒在我的怀里，她对我说道：“我们难得过个好日子。”

“嗯，我会带给你幸福的。”

我和妻子在那座城市游玩了几天，那些有趣的地方我们都去看了，还拍了照片。

几天过去，在一个下午，我们计划明天回去，我实在闲得无聊，妻子还在酒店房间里睡觉，我独自一个人徘徊在大街上，如同当年我大病初愈一个人走在大街上，我看见一位捡垃圾的老太太。

那位老太太步履蹒跚，走起路来左摇右晃，我把附近的许多垃圾瓶收集在手里，放在了她的口袋里，她满脸感激地对我说：“小伙子，麻烦你啦。”

“没什么，我以前也捡过垃圾。”

她抬起头看了看我，带着一种难以置信的表情说道：“不可能吧，看你穿得很不错。”

我只是笑笑没有回答，她逐渐淡出了我的视线，我继续徘徊在街上，我打心底里有一种失落，这种失落可能来自别人对我的不解，对我的误会。

不知不觉，我走到了曾经和满芳去过的桥上，河里的水泛着金色，路旁的行道树显得格外亮丽，路旁的花丛开着花，偶尔听见几只喜鹊躲在繁密的树枝间叫着，对岸河边的杨柳在风的吹拂下舞动着，我究竟是忘不了。

伤心了一会儿，我茫然地走着，车流很急，许多人从我身边走过，我情不自禁地来到了熟悉的包子店，包子店没怎么变，熟悉的吵闹声在包子店周围播散开来，蒸笼里面那股热气袅袅升腾，那熟悉的包子味道从我的鼻尖掠过，我的心跳都比平时加快了，我惊喜地发现老板娘还是过去的老板娘，我在一张桌子旁坐下。

其实我根本没有心情吃包子，我只是来追寻回忆，这种真切的感受可以治愈我心灵的创伤。

“满芳，你出来帮一下忙，我这边忙不过来。”老板娘向着屋里的厨房喊道，我听到“满芳”二字差点瘫倒在桌子上，我想立刻走出包子店，但是我的双脚仿佛灌满了铅，沉重得不能挪动一步。

“我这边也忙不过来。”那个声音显得特别沧桑。

我想着自己该不该去面对满芳，该不该问下她的情况，该不该问她当初为何不辞而别，该不该解开那个心结?

时间过去了一会儿，我抬起头望向街上，竟然发现妻子正站在店外面，她是最懂我的心的，我到了哪里她都猜得出来。妻子慢慢走进来，在我身旁坐下，将我的一只手握在她的手里。

满芳的出现没有我想象中那么惊心动魄，反而最普通不过，她满脸蜡黄，没有一点生机。她身上拴着一个围腰，手上沾满了白面粉，将一笼包好的包子端出放在蒸笼上，她不认识我，我却认识她，因为她眼角有一颗黑痣。

她那面对客人时脸上挂着的微笑始终没有消失，只是和当初不再一样，妻子用手紧紧地捏了我一下，我赶紧收回痴痴呆望满芳的眼神，满芳走过来问我吃什么。

“七个包子。”妻子答道。

“好的，你们等一会儿。”

妻子胃口好，吃了几个，可是我却怎么也咽不下，我走向厨房叫了一声满芳。

妻子深感意外，满芳也有些惊讶，满芳走过来问我道：“你怎么知道我叫满芳？”

“因为一树花开啊。”我说完这句话已经泪流满面，满芳听罢也泪流满面。

“我一直在这里等你，一直都在这里等你。”

“原来你一直在这里，对不起。”

“对不起，一切都已经错过。”这句话我在心里说了不止千百遍。

结过几次婚的女人

花儿盛开，到处一片绿色，即使是贫瘠到只剩下石头的地方也会有绿草覆盖，可人情就未必如此了。

某个山坳里的一个村子居住着几十户人家，人们每天日出而作日落而息，村子的土地并不肥沃，每户人家有分散的几亩田地，每户人家住着用泥土垒砌的房子，在一片不大的土地上，稀疏地分布着一些房子。

禾木是村子里的一个二十岁左右的男孩，脸面黑，身材有些瘦削，不高。他是王家最小的一个儿子，王家生了五个儿子，没有女儿。他排行第五，家里称他为老幺，他也只读过初中。

据说禾木在退学后，曾经学过医，学过篾匠，还学过泥瓦匠，但是他没有学成任何一样技术。禾木的父亲是村里的好好先生，本事不大，人很随和，但也识得几个字，他的母亲在村里的口碑也很好，苦了一辈子。

眼看着家里的四个大儿子都结婚了，禾木的母亲非常着急禾木的婚事。禾木的母亲委托村里关系好的人家帮儿子说个媒，可是托人说了几次都没有成功，原因是王家太穷了。

某一天，村里另一户王家的媳妇高兴地来到王家，将一桩好亲事告诉了禾木的母亲，他母亲拿出自家好吃的招待了媒人，便决定安排禾木到女方家去，可是禾木没有一件像样的衣服，如何去见人呢？至于见面礼那就更让人发愁了。

最后禾木的母亲卖了一些粮食和家禽终于把问题解决了，于是在媒人的陪同下禾木到了女方家里，女方家在他们村的另一个山头，翻过杂草丛生的山林，还要走上一段路，禾木到了女方家里时一身像样的衣服已经弄得不像样了，衣服上沾满了泥巴。

禾木的母亲和女方家很谈得来，禾木一见女孩儿也有些心动。那位女孩儿叫什么兰来着，大家都简单地叫她兰，兰是一个二十三四岁的女孩，脸面红润，脸中间有一颗大大的黑痣，身材有些胖，有一头秀发，见人就笑，只是看起来让人感觉有些傻。

没过几天，禾木便带着兰到了自己家里，得到双方父母同意后，亲事定了下来，只是距离举办婚礼还有些时日，让人印象最深刻的应是兰为王家人煮饭炒菜的那一晚。

那一天晚上，禾木和兰一起做饭，兰负责炒菜，禾木负责帮兰生火，甜蜜的两个人在不大的厨房里忙上忙下，禾木的母亲在一旁看着兰，有时也会帮忙。

厨房里的那盏油灯闪烁着，灯光不是很亮，兰娴熟地切着各式各样的菜，禾木的母亲显出欣慰的脸色。兰笑着把各种菜炒好。

厨房前面摆着一张大桌子，每当炒好一份菜，禾木的母亲便会高兴地从兰的手里接过去放在桌子上，禾木的几个兄弟早就围坐在桌子前面了。

禾木的父亲坐在北面的长凳子上笑着抽旱烟，有时一口一口的烟圈几乎要触到菜，禾木的母亲看见了便会骂老头子两句，要老头子注意一下形象。禾木的大嫂心里有些抱怨，似乎心里在说都这么晚了才炒了这几个菜，禾木的大嫂总是翘着嘴角，似乎她对一切都很不满。

禾木的二嫂很贤惠，也很善良，脸上有密密的雀斑，禾木的二嫂经过狭窄的门，进去看了看兰，对兰说道：“兰，累吗？二嫂可以帮你一起炒菜。”

兰笑了笑，只是摇头，禾木的母亲对禾木的二嫂说道：“你就别瞎操心了，今晚是兰为大家做的第一顿饭。”

这时禾木的四嫂又走进了厨房，她很直爽地说道：“我来看看我家弟媳，漂亮不？”禾木的四嫂很年轻，大不了兰几岁，人也比兰漂亮了许多，兰不好意思地说了句“没有嫂嫂漂亮”就低下了头继续炒菜，虽然四嫂说此话的目的是炫耀自己，可是也承认了兰是王家的人，所以兰心里并不生气。

禾木的母亲见四媳说话直爽，于是对四媳不客气地说了句话，意思大致是说兰虽然人不算漂亮，但是很勤劳，也很有礼貌，总之都是赞美之词。

禾木的三嫂慢腾腾地来到厨房，望了兰一眼，显出不是很客气的态度，她见了兰的样子，说道：“妹子怎么光笑，到时候结婚的事都懂不？”

兰听了不好意思地低下了头，禾木咳嗽了一声，禾木的母亲则撵走了几个儿媳，因为这确实让兰感觉很不舒服。

禾木的四哥也很爽快，不等一旁抽烟的老头儿动筷子，就拿起筷子开始吃饭了，禾木的四嫂见了丈夫那个样子，白了他一眼，可是禾木的四哥笑了笑，依旧镇定自若地吃起来，因此老头儿甩掉烟筒，也动起了筷子。

接着禾木的几个兄弟先后拿起了筷子，几个女人也端着碗开始吃饭，却并不坐在桌子边，因为桌子坐不下。

禾木的那些侄儿在大人身边钻来钻去，禾木大哥的小儿子爱吃肉，吃不到肉还在桌下大哭大闹，二哥的小儿子爱吃洋芋片，三哥的小儿子爱吃干豇豆。吃到中途，突然禾木的三哥说：“禾木啊，这盘菜没有放盐啊！”

禾木的四哥笑着用手碰了下三哥的手，轻声说：“这种事就不要说了嘛，给老幺一个面子。”

禾木的大哥在一旁笑了笑，说：“没有盐，怎么也吃不下去的。”禾木的二哥说：“反正我够不到那盘菜，那是你们的事。”

禾木从厨房后面过来，拿走那盘菜，然后让兰走开，他放了盐进去，又端了过去。禾木刚转身没走几步，禾木便听到三哥说：“怎么盐又放多了？”

禾木的大哥很自然地又接着说：“盐多了也没法吃的。”禾木转身说道：“是我放的盐。”

一个很小的声音发了出来："还没有娶进门，就开始护着她了。"此话也许是禾木三嫂说的，也许是禾木大嫂说的。

那晚直到案板上的菜已经炒完，大家都吃高兴了，兰和禾木才得以休息，兰好像吃了一点儿残饭，一点儿残菜，禾木的母亲也是如此。禾木则没有吃，因为他心里已经有东西填满了。

没过几天，禾木穿上了一身好看的衣服，胸前佩戴着一朵红花准备迎娶兰，迎亲队伍是本村的一些人，禾木的母亲和父亲忙着操办家里的酒席。那一天，兰穿着一身时髦的衣服，扎着最好看的头发，还挎着一个小挎包。

一件件从女方家里抬出的嫁妆非常鲜艳，非常红，比燃烧的太阳还要红，到了傍晚，一直到黄昏的光已经从村子上空消失不见时嫁妆才抬到了禾木家。

禾木自从结了婚，无论是割猪草还是干农活，都是和兰在一起，兰和禾木过了一段短暂的快乐日子。在与人交谈方面，兰渐渐地让哥嫂有些不满意。

记得有一次，兰生病了，没有办法去割猪草，便在屋里歇息，当禾木回来时，三嫂和大嫂便私下对禾木说，兰是一个懒人，兰精神也有些问题，她们劝禾木把她休了，禾木并没有照嫂嫂的话做，无奈嫂嫂的话他也不敢反驳。

事实上兰确实有心理疾病，她在嫁给禾木以前，就结过几次婚，因为短命的丈夫死了，所以她也跟着遭殃，那家人骂她是克夫星、扫把星。还有一家是听说了兰的旧事后迅速地退亲了。

禾木并不知道兰的往事，兰也从来不对禾木说起，她不忍提起，因为她正是遭受了那些打击后精神才变得有些疯癫。

有时候兰有些疯癫，禾木的那些侄儿便想着各种方式折磨兰、羞辱兰，比如某个侄儿装神弄鬼地舞棒说替兰祛除心病，那动作就像道士似的。还有的侄儿打兰，往兰头发上吐口水。

禾木见了兰被侄儿欺负的可怜样子，也开始有怨气了。当兰向禾木诉苦时，禾木听了恨得咬牙切齿，但他毕竟不能打侄儿，所以他对兰说道："你啊，怎么疯癫得不像样子，那些侄儿不去欺负其他长辈，偏偏欺负你，你也应该好好想想了。”

兰听了这些话更加寒心，也许在她心里她觉得只有禾木对她最好，可是为什么禾木也开始不替她考虑了呢？她由此变得越来越不开心，越来越心事重重。

渐渐地，兰懒惰了起来，兰有时也可怜地做出最无力的反抗，那便是当侄儿欺负她时，她会骂侄儿。禾木的那些哥嫂便开始恨这个疯女人。

几个月过去，兰怀孕了，当禾木得知兰怀孕的时候，非常高兴，当晚他就宰了一只肥鸡给兰补身子，以后也隔三岔五地宰鸡鸭给兰吃。

兰生孩子的那天，是一个大晴天，替兰接生的人是禾木的大嫂，禾木的大嫂放了一个麻袋在地上，兰躺在麻袋上，禾木去烧水，听着兰在屋子里面的喊叫声，禾木真想冲进去，可是他还是忍住了，因为在这件事面前，他无能为力。

可怜兰是难产，孩子始终生不下来，在一旁的大嫂对兰说：“疯女将，你倒是用力啊，吸气用力啊！”

那样的话大嫂不知说了多少遍，兰的汗水浸透了头发和衣服，她用了几次力，一次比一次痛苦，可是孩子怎么也生不下来，地上流了几摊血。

最后一直到太阳落山，孩子才平安落地。大嫂看过孩子后，高兴地对门外的禾木说：“生了一个男孩。”

门外的禾木听见了大嫂的话，不平静的心终于平静了，禾木走进门抱着孩子，看着孩子轻微翕动的嘴唇，眼角泛出了笑，又将孩子抱到兰的面前说：“看，儿子！我们的儿子！”

兰笑了，尽管她已经没有力气去认真看孩子一眼了。

孩子生下不久，哥嫂纷纷对禾木说，不要让疯女将带孩子，她疯疯癫癫的，根本带不好孩子。当禾木从兰手中夺过孩子时，兰哇哇地大哭起来，竟然像个小孩子似的。

见此情景禾木心软了，他只好把孩子交给兰。

过了没几个月，孩子生病了，而且是在晚上，许多人都围着孩子，禾木的一个嫂子说，疯女将带不好孩子，现在孩子这个样子究竟是出了啥事？又一个嫂子说，孩子这样面黄肌瘦，不生病才怪！

尽管许多人都围过来，但是没有人能出个好主意，有的人说小孩子认人，所以孩子在人们的手里转来转去，有的人甚至认为小孩子是被魔鬼缠身，需要驱邪，禾木也不知道该如何做，他们家离镇上的医疗机构有十几里的山路，当孩子哭声渐渐降低时，他便让哥嫂都去睡觉，自己抱着孩子走来走去。

那是一个不眠的夜，禾木抱着孩子走来走去，然而在天还没有亮透时，孩子死了，孩子是在禾木的手里哭着死去的，第二天哥嫂却责备禾木当初不该把孩子交给兰抚养。

禾木在哥嫂面前掉下了泪，兰也在床上哭，可是这又能怎样呢？孩子是哭不活的，过了半天，禾木才找了家里的一个竹篮，给孩子穿上衣服，禾木将孩子放在竹篮里，竹篮似有千斤重，他提着孩子离开了屋子，回来时篮子里却空了，除了他自己，谁也不知道他把孩子埋在了哪里。

之后禾木在一个打工潮流中，赶上了一班车，从此以后再也没有回来。

兰一直生活在家，一直都在忍受着折磨，她被侄儿和哥嫂欺负，她的苦日子似乎永远也没有尽头。

夺位录

大吴天禧二年，吴大帝一统中原，雄视北方，二十年来飞扬跋扈。武陵夷獠不服，拉起五六百人举旗作乱，首领攻城略地，南方相继沦陷，大吴整个长江防御全线崩盘，吴大帝便有了迁都之意，一时群臣议论纷纷，朝野动荡。

洛阳城内，气氛骤然紧张，吴大帝拔出宝剑，对群臣道："朕征战四方，戎马三十余年，才换来海晏河清，二十年来黎民安居乐业。如今夷獠猖獗，兴兵犯境，竟无人替朕出征！"说时迟那时快，吴大帝拔剑一砍，龙椅上的龙头瞬间被削落了下来。

"臣等无能！"群臣仿若受惊的鸭子，吓得腿直打颤。

这时，大殿之上传来一声长喝"书生误国！"，吴大帝转过身来，一改严肃的面容，问道："殿下何人说话？"

那少年不到二十岁，披坚执锐，脸上自信满满，眉目间尽是英气，上前道："臣乃羽林宿卫蒋凯，愿为大王分忧！"

有大臣喝道："黄毛小儿，快滚下去！"

吴大帝收起宝剑，说："朕用人向来不问出处，说吧，要多少兵马随你出征？"

“夷獠五六百人犹能搅动江南，臣点兵一千足矣！”

群臣一听，无不叹其不知天高地厚。有大臣劝谏道：“夷獠聚众数十万，南方十六州尽入敌寇之手，整个大江已成封锁之势，大王不可轻信无知小儿啊！”

吴大帝来了兴致，喜道：“真有朕当年的雄风啊！”暗自叹了可惜，又宣布道，“传令，封蒋凯为天下兵马大元帅，大吴江北十三州皆受其节制，点兵一千随即出征！”

落日熔金，天渐渐暗得看不清人影，透过窗纸望过去，一盏油灯下，一位约莫四十岁的妇人在缝补衣服，她双颊微红，那衣服已经被缝得如一块坚硬的鞋垫。这时她停顿了下来，望着灯光回到了二十多年前的那一天。

……

“快搜，弟兄们，这一万两黄金我们吃定了！”几位军士猛力捶打着木门，见没人应，便一脚踹开。

二十岁的风尘女子姿色不凡，假装慌张地穿衣服，一脸茫然道：“军爷们，来我这里干什么？”

“说，你把人藏哪儿了？”一军士质问道。

“什么人啊，来我这儿的人，都是寻欢作乐的，人来了就走，走了又来，我这儿哪里藏得住人啊！”

一年轻军士吞了一口唾沫，然后又对一年长军士说道：“大哥快活，我在门外替你把风！”

年长军士打了年轻军士一巴掌，骂道：“你脑子进水了？账都不会算！捉拿到反贼，你我皆封官列侯，赏金千两，若在这儿快活三刻，让那反贼逃脱，就啥都得不到了。”

年轻军士一下子清醒了，厉声问道：“你有没有见过这么……这么……的一个人？”

风尘女子答道：“你说他啊，从我这儿刚出去！”

年长军士又问明了方向，一挥手道：“他跑不了啦，快追！”

被打的年轻军士抱怨了几句，骂道：“呸，该死的反贼临死也不忘风流，真是个人才！”

就这样，那位被扣上反贼帽子的落魄少年，和这位独自在驿馆边拉客的风尘女子好上了，后来他重振旗鼓，终于将河朔蚕食吞并，后又吞并幽燕，称雄北方。而那位风尘女子，因为出身低微，在身怀有孕的情形下被抛弃了。

这位风尘女子生下了一个儿子，但她怨恨那个男人，于是从小给她的儿子灌输仇恨的思想，直到那个男人夺得了整个中原，她又让自己的儿子当兵，并且要他争取进入宿卫，她的儿子也很争气，竟真的做到了。

门外响起一阵敲门声，她猛地回过神来，打开门，惊喜地问道：“凯儿，怎么这身打扮？”

蒋凯欣喜道：“孩儿今天在大殿之上说了一番豪言壮语，吴大帝一高兴，封我做了天下兵马大元帅！”

她脸上露出惊喜，忽而又紧张地问道：“你这官怎么得来的？”

蒋凯道：“母亲大人常教诲，勇不可恃，威不可惧，险不足依，尽管吴国和母亲有深仇大恨，但现在家国事大，个人事小。挥一剑而征天下，乃真英雄也，孩儿明日将带兵一千，出征武陵夷獠！”

然而在她看来，自己的孩子实力和当年的情人还差之甚远，便训道：“人说书生误国，现在是你这蛮夫误国！不可，孩儿不能去，明日我去求见长官，让你解甲归田。”

“母亲，母亲……”然而妇人只当没听见，头也不回地进了自己的屋子。那一晚她整夜未眠，心中矛盾，既渴望自己的孩儿建功立业，又担心孩儿的安危。

但是第二天，她没有再阻止自己的儿子，她来到城门外，看到了自己的孩子，也看到了自己多年未见的情人，然而情人如今已是高高在上的吴大帝，自己不过是一介妇人，哪里还能吸引到他的目光呢，她看着马上风度翩翩的少年将军，直到他渐渐变为一个黑点。

天禄三年春，蒋凯进驻猪涪峡，吴军拔黑水寨，打垮武陵二十四屯，俘虏一千人，吴军获得首胜，消息传到洛阳，群臣始罢迁都之意。时江北十三州各路军来会，官军益加振奋。在白云峡一带，官军与武陵军决一死战，武陵军遭受埋伏，甚是惨重，十余万人马尽丧沟渠，血流漂杵。武陵军气势丧尽，官军乘胜追击，武陵夷獠纷纷弃城而逃，败军遁入芦苇荡，蒋凯派官军分兵追击，擒拿其贼首，各地纷纷传来捷报，于是江南初步平定。

然而天下初平，吴太子戾便担心蒋凯拥兵自重，于是密奏吴大帝加封蒋凯为“秦陇郡王”，实际是想夺去蒋凯的虎符兵权，而徒以高位虚衔笼络之。吴大帝也担心蒋凯功高盖主，于是颁下数十条诏令。

各路兵马以蒋凯为帅，浴血奋战，早已对其唯命是从。听闻吴大帝要卸其兵权，加之各路军帅出身卑微，对我等虽身经数十场血战，竟然不敌腐儒三言两语而深感心寒，于是纷纷要拥立蒋凯做大帝以攫取权力。

这时候的蒋凯，早已不是做宿卫的心思，他听闻了一些吴大帝的风流旧事，心中一腔热血涌起，说道：“天子，兵强马壮者为之，愿与诸君谋天下，也遂母亲之愿！”

于是江北十三州皆听其号令，蒋凯率军挥剑向北，号曰“大秦军”，然而吴军坐拥北方四十八州之地，鏖战初期，大秦军出兵不利，幸得江南转运数十万担军粮，又增益军马，秦军复振，兵入东京，双方进入僵持阶段。

……

两军阵前，只见吴太子戾披坚执锐，将一位妇人捆绑后吊在半空，还在阵前城楼叫骂，蒋凯看到那妇人正是自己的母亲，忍不住流下眼泪，跳下马叩头哭道：“孩儿无能，竟让母亲受辱！”

“孩儿，勿要因我而受制于他，你的父亲，吴大帝，已被太子控制，母亲情愿一死，你要为天下苍生着想。”

吴太子戾在城楼上疯狂大笑，然后讽刺道：“蒋凯啊蒋凯，大帝受你母亲蛊惑，欲传位于你，他一时风流，惹下这般孽债，竟企图牺牲我获得圆满，真是可笑！如果你不举兵作乱，我或许还能叫你一声大哥，哈哈哈……”

这时，太子戾埋伏在两旁的弓箭手射出了数支冷箭，幸得周围军士护卫，蒋凯才不至于被射成筛子，然而他的腹部还是中了一箭。而被吊在半空的蒋母，也因为精疲力尽而昏死了过去。

大秦军被激怒，更加疯狂地攻向城楼。整个京城瞬间土崩瓦解，各路军举旗起义所向披靡。民众纷纷逃散，太子戾领导的人马溃不成军，落荒而逃。

又两年，大秦军攻占洛阳，太子戾出逃长安，被部下所杀，吴大帝困居颐养殿，称謦太皇，同年蒋凯称帝，是为秦大帝，八方传檄而定。大吴老臣勋旧被罢免无数，蒋凯大肆提拔江北军帅，故史书又称之为“江北朝廷”。

康国如漪

残阳如血，风中带腥。一只白天鹅忽然坠落于平界岭，另一只白天鹅慌忙飞落下来，凄凄地叫着。顺着悬崖望下去，满地士兵如滚动的蚂蚁。

半个时辰之前，这里厮杀震天，如今灵国军队败北，已匆匆地撤走了。南康作为西南边陲的一个小国，为了这场胜利，几乎倾尽了全国之力应战。

“父亲，父亲……这儿有个人！”一个女子惊慌地喊叫着，其冠冕与灵国的不同，额前流苏垂下来。她身段修长，还伴着一串悦耳的铃声，倒在荒丛的怀信听到这声音，拼尽力气伸出手，抓住了这名女子的脚踝……

“如漪，让我杀了他！”如漪的父亲禀哲盯着这个灵国男子愤怒地用南康国的语言说道。可是如漪摇摇头，说道：“哥哥之死，与他无关！”

禀哲拗不过女儿，他警告道：“灵国人与南康人，不能做朋友的！”

确实，在昭华如漪的认知里，灵国与南康常年作战，结下了许多血仇孽债，她也觉得，灵国人与南康人是不能做朋友的，可是，她又不忍心看他死。

“醒啦！你醒啦！”看到这个男子慢慢地睁开了眼睛，如漪不自觉地惊叫起来，男子有些诧异，如漪忽然明白过来，这个灵国男子听不懂她在说什么，于是改用灵国话说道：“你醒啦！”

怀信想翻身起床，可是周身疼得厉害，无奈只得作罢，说道："这是哪里？"

如漪回答："这是我们康国，你……你是我们的俘虏！"

"康国？呸，南蛮，休想困住我……"怀信挣扎得厉害，扯动了伤口。

如漪佯怒道："呸，好你个'答契'，我好心救你，你却不知好歹，疼死你！"

怀信虽然不明白"答契"在南康语中是"白眼狼"的意思，但也明白这个女子是在骂他，一想到自己不懂南康语，又深陷南康，想再回到灵国恐是不大可能了，心中的孤独感油然而生，他假装讨好，望了她一眼，道："你过来！"

"什么事？"

"是你救了我？"怀信疑惑地问。

"嗯！"如漪不好意思地点点头，转过了身。

他又问道："你是南康人，怎么会说我们灵国话？"

"小时候，我有个姥姥，她是从你们灵国嫁过来的，她教我说的灵国话。"

"没骗我？"怀信仍一脸疑惑。

"骗你作甚？"

"那，你……姥姥呢？"

"她死了！"如漪忽然情绪有些低落，接着又为这个男人盖上被子，问道："你饿了吧？我去给你弄点儿吃的来。"

……

整个南康都城，匍匐在山脚下，在城中可以望见缥缈的雪山，高耸入云，似接于天际。都城周边，房屋红白相间，鳞次栉比，还有一些苍绿的树木和飞翔的鹰群。

南康的人们看到怀信，心中便会毛骨悚然，纷纷慌忙地躲开，有些大胆的孩子敢站在怀信周边，但没多久便也被家长迅速地抱走了。这时如漪赶到，气喘吁吁地生气道："'答契'！你才好一些，还不能乱走动！"

“答契？”怀信转过身，若有所思，然后说道：“不要叫我答契，我有名字，怀信。”

“好，好，怀信，你赶紧跟我回去吧。”

“不，我要看看这里，我想走走。”

如漪怒道：“你要是不听劝，一会儿有人杀你我也不管了。”

“谁要杀我？”怀信疑惑地问，眼前的如漪，五官端正，脸庞细腻，白皙貌美，虽带着几颗汗珠，却也掩饰不住美丽，怀信不觉地痴痴望着她。

就连如漪也被看得不好意思了，怀信回过神来，咳嗽了两声。如漪脱下自身的外套，说道：“来，赶紧穿上！”

“我不冷！”看到这个男子这么倔强，如漪哈哈大笑起来，说道：“我给你衣服穿，你以为是我关心你呀？”

男子忽然感觉受到了嘲弄，质问道：“你都把衣服脱给我穿了，不是关心我，又是作甚？”

如漪笑说道：“你这个俘虏，你现在是在康国，瞧你这副模样，我们这儿的人都怕你，我把衣服给你穿，就是希望他们注意不到你。”

怀信忽然明白了这层意思，感到有点儿尴尬，说道：“这是女人的衣服，我不穿！”

“女人的衣服怎么了？你想被人杀死吗？”如漪说着，便强行将衣服穿在了怀信身上，回去的路上倒没有引起注意，只是有一个老头儿对如漪说道：“如漪，了不起，你找个灵国人处对象啊！”但是当怀信问起如漪那个老头说的什么时，如漪却告诉他说：“阿伯提醒我，小心你这个灵国人不安好心！”

另一边，灵国太子皓苍远征南康失败后，知道自己将大位不保，回国后一不做二不休，发动兵变囚禁了自己的父皇，坐上了皇位，但是对自己的救命恩人怀信，他始终念念不忘，没见到尸体，他是不会相信怀信已死的，登基几年来他一直在积蓄力量，期待攻破南康，释放被囚禁的灵国俘虏，他相信怀信一定还活着。

……

“第二年了！灵国……”怀信感叹着。看到他凄楚的样子，如漪安慰道：“走，陪我摘桃花去。”

“不去！”

“真不去？”

“没心情！”

如漪气道：“这两年来，你在我家吃我的喝我的，啥事儿都不做，像个废人！你知道我阿爸的脾气吧？早知道你是这个样子，当初就不该救你。”

这时如漪的阿爸走过来，气愤地说道：“蠢猪，赖人讨厌鬼！”

但是怀信不明白他说的是什么，问如漪道：“你阿爸对我说什么？”

如漪总不能照着原话告诉他，她打发走阿爸，然后笑着说道：“阿爸说，你伤没好，不要走动。”

怀信不相信地说道：“看你阿爸那么生气，不像是这个意思。”

“你不相信我？”如漪用水灵灵的眼睛质问他。

“我……”

这时从外面传来喊声，是沐里郡王家的世子，沐里雄，他是一个身材矮小且肥胖的人，他喊道：“如漪，在吗？我们赏桃花去吧？”

在百花盛开的时节，沐里雄总要邀请如漪去赏花，她始终没有答应。尽管如漪如此对他，他也不生气，这次又来相邀了，他看见了怀信，感觉到几分诧异。

“在，你怎么又来了？”如漪回答道。

“赏花去吧。”沐里雄说着，如漪翻了一个白眼，用灵国话说道：“不去，要赏桃花你自己去。”

沐里雄一脸茫然，而怀信明白如漪的意思，不觉笑了出来，他知道如漪这是用沐里雄听不懂的语言，故意来刁难他，这时沐里雄才想到自己的那个翻译，可是偏偏他今天忘记带了，于是拍拍脑袋，让如漪等他，又屁颠屁颠地回去了。

看到沐里雄远去，如漪才问道："你到底去不去？"

怀信说："刚才那人邀请你去，你跟他一起去吧。"

如漪瞪了他一眼，说道："你别不知好歹，在康国，没几个人会说灵国话，你要这么无趣，以后我就不陪你说灵国话了，一句都不说。"

"别！我去还不行嘛，嘿嘿！"怀信牵着如漪的手，如漪捶了他一下，笑着跟他一起赏花去了。

……

大军压境之时

天元三年，东方国已经逐渐衰败，其疆域之外，有一个附属国，叫作玄菟国，被远道而来的瞻波军队围困，玄菟国向东方国求救，但东方国正面临北方数十万雄骑的侵扰，不仅不派兵，竟然还撤掉了驻扎在玄菟国京师扶渠城的数千护军，而玄菟国只有一些地方武装，纠集所有兵力也不过数千弱兵，面对凶悍精壮的数万瞻波军队，无异于以卵击石！

玄菟国国王一拍桌子，怒道："吾宁死不投降！"

那东方国真的不能派兵吗？如果东方国将驻扎在燕冀八州的数万天策军开拔直下，对瞻波军队来个反包围，届时不仅玄菟国有救，天策军也可趁其余势追亡逐北，一举拿下瞻波国首都多罗。然而，一旦天策军来拯救玄菟国，燕冀八州便空虚了，要知道北方有人正虎视眈眈呢。

十个瞻波国都不如燕冀八州版图大。于义方面，东方国作为玄菟的庇护国，有责任进行挽救；但于利方面，东方国不会舍大求小、舍近求远来拯救玄菟国。

玄菟百姓长期受国王蒲楼氏施恩，对瞻波军队频繁的骚扰仇恨已久，誓与蒲楼氏国王共存亡，于是举国上下，大到七八十岁的皓首老者，小到十二三岁的少年，都踊跃拆掉自家的门墙，去填充岌岌可危的城墙漏洞。

“敌国未灭，何以为家？”可以说这是整个玄菟国百姓的呼声。

玄菟国王也有解决国家被灭危险的和平方式，那就是接受瞻波国的条件：将年轻美丽的长六公主嫁给年迈的瞻波国王，与东方国绝交并世代臣服于瞻波国！

蒲楼氏连找个普通百姓的女儿来顶替公主出嫁都觉得羞耻，称臣纳贡就更不可能了。

……

扶渠城外，两条清澈的河流在扶渠交汇，一条叫作扶城河，一条叫作渠城河，扶渠城就位于两条河流的交叉口。春天来临，河流两岸杨柳依依，细腻的青草铺得厚厚的，平时到这个季节，玄菟国王都会举行盛大的洗马赛会，挑选上等好看的马匹，将圈养的马匹驱赶进河流，让群众围观，与民同乐。今年玄菟国由于被瞻波军队围困，河边已经遍布瞻波的旗帜和军队了。

扶渠城内，方形围方共有三层，豆腐块状的城市布局，揭示了城市的开阔和平坦，最外层为普通商贩、农家、酒楼的场所，城市区域也最大；中间层为学宫、教坊、官员的所在地；最内层就是皇城，但也有天文家、高级军官的住所。平时除了皇城会进行宵禁管理，其他区域百姓都可以自由地行动，经营和娱乐不受限制。

黑夜降临，蒲楼氏国王带上少许的随从，走进了玄菟国的禁地“圣灵湖”，圣灵湖中心有一座八角城楼，一年四季都是黑魆魆的，很少亮过灯，那八角城楼底下有一座地下暗城。每次国王来到圣灵湖，都会坐一条船靠近八角城楼，在几个随从的陪同下，通过暗道进入暗城。

暗城内，灯火辉煌，房间内金碧交映，各种金器、玉器、夜明珠闪闪发光，宽阔的宫殿里，戴着金饰面具的人整齐地排列两旁，手上还握着千奇百怪的兵器，许是士兵。士兵后面坐着各种戴形状诡异的金面具的人，许是臣僚。那最顶端的一处，就是圣灵使的座位。

圣灵使的座位上看上去并没有人。

国王扑通一跪，照例行礼道：“第三十三世蒲楼氏国主，向圣灵使跪伏问安，愿圣灵使体恤我国百姓，今瞻波大军围城，扶渠城危在旦夕，求圣灵使指点迷津，救万民于水火……”

只听得一阵回荡的说话声：“做人当有怜悯之心，做国王更应如此。你还记得三年前吗？有一个瞻波国的弱女子前来投靠，你不仅不救，还处处刁难她，她虽是在瞻波国诞生的女子，却也是瞻波国的克星……”

蒲楼氏国王十分惶恐，垂泪道：“瞻波数次犯我国土，积怨已深，我虽刁难那瞻波女子入境，但也没有把她驱逐出国，愿圣灵使出个良策，亡羊补牢还不晚。”

空中传来了一声叹息，接着这声音回荡道：“把那个瞻波女子充入太子府，昭告天下封她为太子妃，并传国书于瞻波军，不出一个月，玄菟围困可解矣！”

“那瞻波女子既是克星，却嫁给太子，这……”

圣灵使发怒了，喝道：“叫你做什么就照做，当心你的皇位……”

蒲楼氏国王被吓出一身冷汗，瘫软在地上，列在两旁戴金面具的士兵们似乎也很不安。

一个瞻波女子，竟然可以驱退数万大军？一面围困重重，一面却还要为太子张罗喜事？虽然听起来有些荒诞，但是除了死马当活马医，蒲楼氏国王也没有别的办法了，有希望总比没希望强。

次日，国王在扶渠皇殿召集群臣，寻求退兵之策。

只见一个大臣站了出来，奏道：“当务之急，是招募更多的军队，凝聚更多的力量。希望国王下令，不论妇孺老幼，都加入军队，打仗的打仗，筹粮的筹粮，织衣的织衣，筑墙的筑墙，让全国百姓都参与进来，如此我们国城便有五十万人，相信瞻波军队久攻不下，必将土崩瓦解。”

其中一个大臣对此不屑一顾，说道：“此言谬矣！军队在精而不在多，国王若号召全国百姓来抵御贼寇，百姓增加了徭役必然会心生不满，请问兵部总务袁大人，今年百姓秋粮都还没有种，您知道我们已进行过两征了吗？”

其中，另一位大臣附和道：“户部李总务言之有理，不能再增加百姓的负担了。如果妇孺老幼都参了军，不说打仗的事，光是每天的吃饭穿衣，也供应不起呀！”

兵部总务袁大人怒道：“百姓不参军，难不成就不用每天吃饭穿衣了吗？国家没有了军队，瞻波就会长驱直入，不光你我，所有百姓都将是砧板上的肉。与其被别人灭掉，还不如奋起反抗。”

蒲楼氏国王扫视群臣，看到天历部的国师严总务拨动了手中的阴阳盘，不慢不急，似乎已有了对策。

国王问道：“如今国城危殆，国师观察天象，可有破解之法？”

严大人道：“荧惑守心，国城蒙难，危殆之中，深藏转机，有一女子，来自瞻波……”

国王若有所思，流泪对群臣道：“我德薄功浅，无法负载万民，幸得群臣推举，得以忝居大位数十年。国师言之有理啊，我也知晓一二，虽然是一个解救妙法，但此法让我有负臣民，实在不忍说！”

群臣明白了国王的意思，于是跪倒在地，齐呼道：“国王恩德无量，光同日月，我等臣民冥顽不灵，愿听国王差遣，一切顺意。”

国王于是说道：“天神有梦，告诫我有一女子，来自瞻波，名曰摩伽，其位尊崇，甚于瞻波国王，入了玄菟，竟不如仆从，与太子阿安，情缘天定，若得结姻，兵燹可绝！”

群臣听闻太子要娶那个叫摩伽的瞻波女子，皆生出了厌恶，但终究还是选择了妥协。

瞻波女子摩伽，看起来并没什么本事，只是一个青楼女子。

让英明神武的太子娶一个青楼女子！那全国百姓还不炸开了锅？

太子又会同意吗？要知道，太子有时连皇命都敢违抗。

……

阿安太子出了昭庆门，看见一群宫女在偷偷议论，便知道他与瞻波摩伽将要大婚的事情已经人尽皆知了。他心底有些郁闷，便步入御园，无聊地往水中扔石子儿。那水中荡开了一圈圈波纹，竟突然浮现了瞻波摩伽的面容，还柔情地说道："太子啊，我是摩伽，我从瞻波跋涉千里而来，就为与你接续姻缘！"

"摩伽丑女，你给我滚，我不想看到你……"阿安太子一生气，扔出一块更大的石头，水中影像消失，他这才醒觉过来，发现刚才只是幻觉。他其实也没有见过瞻波摩伽，但他从国师那里索要了一张她的画像。

他对身边人诉苦道："普通百姓哪一年多收了两担粮食，便想纳个年轻美丽的小妾，我贵为一国的太子，竟然要娶一个丑陋的青楼女子！"

随从安慰道："太子乃国之根本，将来会继承大统，现在姑且娶了摩伽那个丑婆娘，等将来坐上皇位，再找个喜欢的人立为皇后，也不迟啊，如今国城危殆，太子牺牲一点，换来的是长远的利益。"

阿安太子道："我虽为太子，但也知礼义廉耻，若我娶了摩伽，便要与她琴瑟和鸣，做国家的典范，若只因为她的样貌和出身就废掉她，实在有亏德行啊。"

娶也不是，将来废也不是，随从一时竟不知道如何作答。

过了几天时光，瞻波摩伽被人接进了皇宫，太子也调整了心情，为迎娶摩伽做了一些准备。扶渠城外，每天都能听见刀枪碰撞的金鸣，杀声震天，而扶渠皇城内，却响起了一串串唢呐声和一阵阵喜气的锣鼓声。

自宫城紧急戒严解除后，商贩们恢复了日常的经营，学子们在学宫里又开始谈经论道，玄菟国似乎已恢复了平静与祥和。

（本书故事纯属虚构）